FINGE QUE SOY TUYO

JESSA JAMES

Finge que soy tuyo:
Copyright © 2020 Por Jessa James
Todos los derechos reservados. Ninguna parte de este libro puede ser reproducida o transmitida en ninguna forma o por ningún medio electrónico, digital o mecánico incluyendo, pero no limitado a fotocopias, grabaciones, escaneos o cualquier tipo de almacenamiento de datos y sistema de recuperación sin el permiso expreso y escrito de la autora.

Publicado por Jessa James
James, Jessa

Diseño de portada copyright 2020 por Jessa James, Autora

Imágenes/Crédito de la foto: Deposit photos: HayDmitriy; Melpomene

Nota del editor:
Este libro fue escrito para una audiencia adulta. El libro puede contener contenido sexual explicito. Las actividades sexuales incluidas en este libro son fantasías estrictamente destinadas a los adultos y cualquier actividad o riesgo realizado por los personajes ficticios de la historia no son aprobados o alentados por la autora o el editor.

1

CHARLIE

Hace dos años
        Es en la mitad de una noche de llovizna de primavera que la pierdo.

"Adiós, John", le digo al hombre mayor que está doblando las sillas plegables grises con un golpe. Estamos en un sucio sótano de iglesia, pero al menos la iglesia nos deja reunirnos gratis aquí.

"Charlie", dice John. Sus mejillas están sonrojadas y sus ojos son de un azul profundo. Sus ropas son de varias tallas más grandes y de un beige plano. Él asiente su cabeza canosa hacia mí y luego regresa a doblar el resto de las sillas.

Tomo un último trago de mi café y hago una mueca al sentir lo dulce que estaba. Le puse demasiada azúcar, pero ya no puedo hacer nada. Echo los residuos en mi vaso de papel y la servilleta de papel que tengo empuñada con las migas de una galleta simple de la tienda.

"Cuidado", dice alguien y me detengo justo antes de chocarme con un anuncio que cuelga del techo. El techo es tan bajo que solo hay unos centímetros entre ellos y mi cabeza. Supongo que no hay muchos tipos que parezcan vikingos caminando por aquí.

Aun así, apreció que me hayan avisado.

"Gracias", dije, pero la persona que me advirtió estaba casi afuera de las puertas de metal que van hacia el estacionamiento.

Miro alrededor, un poco desanimado. Soy un tipo grande, estuve en el Ejército y en la CIA. Terminé aquí por mis ataques de pánico y mis pesadillas. Mi esposa Britta me dijo que era esto o dormir todas las noches en el sofá, porque no había forma de que ella siguiera permitiendo que la despertara todas las noches.

Entre ella estando embarazada de nueve meses en ese entonces y yo que no cabía en el sofá... sabía que necesitaba ayuda. Así que hice algunas llamadas. Acudí a tres tipos de terapia grupal y aquí estoy.

Suspiro, recordando algunas de las ideas presentadas durante la sesión, recorriéndolas en mi cabeza. La idea de la vulnerabilidad, de permitirte ser vulnerable alrededor de otra persona era muy mencionada.

Al escuchar a algunas personas hablar, me alegré de seguir teniendo a Britta a mi lado. Ella me trajo del abismo cuando regresé de Siria y ahora ella es la que me mantiene cuerdo.

Saco mi teléfono. *Estoy pensando cosas buenas sobre ti*, le escribo a Britta.

No hubo una respuesta inmediata, pero está bien. Pongo mi teléfono en el bolsillo trasero de mis jeans. Debería irme.

Todavía hay algunas personas hablando en la mesa de refrigerios, pero el resto de mi nuevo grupo de apoyo, Los veteranos de combate hablan, ya se han ido. Mientras me dirijo hacia las puertas dobles de metal, mis ojos recorren el sótano una última vez, revisando automáticamente las paredes moldeadas y la alfombra azul barata en busca de...

¿Qué? Me pregunto yo. *¿Enemigos? ¿Amenazas?*

Dejé todo eso atrás en el paisaje arenoso de Alepo, lugar en el que estuve como operativo de la CIA. Eso fue hace un año y sin embargo, recién estoy comenzando a recuperarme. Por eso voy a las sesiones grupales de terapia.

Bueno, debo dar crédito cuando algo lo merece: Britta y nuestra hija recién nacida también son una parte integral de mi recuperación. Observar la panza de Britta crecer y luego sostener a Sarah por primera vez... eso cambió algo en mí a nivel molecular.

Ahora no sé qué haría sin ellas. Son la luz de mi vida, aunque sea tan cursi como Debbie Boone.

Abro la puerta y entrecierro mis ojos a la luz del sol. Está comenzando a llover, pero eso es algo constante aquí en Seattle. Además, la lluvia es un descanso refrescante del horrible calor del sótano de la iglesia. Las gotas de lluvia caen en mis brazos y mi cara, son un alivio helado. Me pongo mi rompevientos azul y me dirijo a mi auto.

No quedan muchos autos en el estacionamiento de la iglesia; es un sábado por la tarde y es un bonito día, a pesar de la llovizna. La mayoría de las personas en Seattle seguramente están en algún brunch o de excursionismo o de compras ahora mismo.

Estoy listo para ir a la biblioteca y encontrarme con Britta y Sarah. Las imagino en mi cabeza: Britta con su largo cabello negro y su linda sonrisa. Sarah en su enterizo, del mismo color de mamá y con mis ojos verdes. Las imagino en mi cabeza, Britta lleva al bebé en su pequeño arnés frontal mientras Sarah duerme.

Sarah solo tiene tres meses, pero Britta dice que nunca es demasiado temprano para presentarle la biblioteca. Nosotros hemos estado conversando sobre qué cosas deberíamos leerle a Sarah. Britta dice que no importa, pero deseo comenzar a leerle al bebé las noticias en varios idiomas.

Después de todo, nunca es demasiado temprano para alentar el pensamiento crítico, ¿cierto? Mi mente está enfocada en eso cuando me deslizo a mi auto y enciendo el motor.

Salgo del estacionamiento y voy a la izquierda, mis manos

están en el volante y mi memoria muscular se encarga. Cometí el error de encender la radio en el auto. No puedo escucharlo sin involucrarme en las historias, desarrollar sentimientos personales sobre ellas y guardar cada historia en mi baúl mental con total precisión.

Estoy a unos tres kilómetros de mi casa cuando me doy cuenta de que he avanzado en piloto automático. La biblioteca está al otro lado. Miro el reloj en mi auto. Probablemente llegaré tarde para encontrarme con Britta.

Al voltear me dirijo al noroeste, el mismo camino que recorrería si saliera de mi casa. Algo en la radio me distrae; estoy irritado porque la Casa Blanca está intentando meter sus narices en lo que sucede en Siria y lo está haciendo mal.

Veo un choque adelante cuando giro en una esquina, pedazos doblados de metal rodeados por varios autos de policía con las luces encendidas. Un policía está alejando a las personas; otro está colocando cinta policial alrededor de la escena.

Casi giro a la derecha para evitar el tráfico que se acumulaba, pero no lo hago por alguna razón. Quizás es porque a todos les gusta ver un accidente de tráfico. A todos nos gusta en secreto ver el auto volteado, nos gusta intentar descubrir cómo sucedió. Comenzamos a pensar y suspirar de alivio que no fuimos nosotros mientras nos alejamos.

De cualquier forma, estoy escuchando la radio y dándole golpecitos al volante mientras espero que el policía me deje pasar. Giro mi cabeza para mirar el accidente mientras espero, juzgando la distancia entre los dos autos.

Era imposible que alguien volviera a conducir alguno de los dos autos. Demonios, si alguien no murió en un choque tan horrible, deberían agradecerles a sus malditas estrellas de la suerte.

El auto A era un Dodge Charger nuevo, negro y brillante y estaba destrozado. El auto B estaba de lado, la parte de abajo daba hacia mi auto y claramente había rodado varias veces.

Parece que el auto A golpeó al auto B y el auto B rodó para frenarse y quedó de esa forma.

Intento ver qué auto es, pero todo lo que puedo ver es que el auto B es un SUV negro. Un presentimiento me recorrió la columna. Britta conduce un SUV negro, un Nissan Pathfinder negro.

Tranquilo, me digo a mí mismo. *Ella está en la biblioteca, probablemente preguntándose dónde estás.*

Avanzo lentamente por la línea. Finalmente es mi turno de avanzar y lo hago lentamente. No puedo evitar mirar el auto A y el auto B y los numerosos policías caminando, tomando notas y fotografías.

Ya casi pasé el choque, estoy por avanzar cuando algo atrae mi atención. Uno de los oficiales de policía está catalogando algunos objetos personales que probablemente vinieron del auto B y está colocando una manga en una bolsa enorme de evidencia.

La manta es familiar para mí. Hecha para un bebé, muestra la escena de dos osos pescando en un río. La cosa es que, solo he visto ese diseño de manta en un solo lugar: en una manta hecha a mano, hecha para Sarah por la madre de Britta.

Presiono el freno mientras mi cerebro comienza a recalentarse y a trabajar al máximo. *Quizás la madre de Britta compró la manta y hay muchos tipos en el mundo. O quizás...*

El auto detrás de mí toca su bocina y me sobresalta. Avanzo de nuevo y me estaciono apenas logro superar el accidente. Mi corazón está palpitando, toda la sangre se me está yendo a la cabeza y hace difícil que pueda pensar.

Me volteo y miro el accidente. La manta ya no es visible. Intento ver el modelo de la SUV, pero es imposible desde este ángulo.

Comienzo a temblar mientras me saco el cinturón y sacó el teléfono de mi bolsillo. Britta me saluda mientras sostiene a Sarah; esa es la fotografía en mi pantalla mientras marco su número con dedos torpes.

Suena cuatro veces. Suena la quinta vez y veo por mi espejo retrovisor que la mujer que está guardando las cosas agarra una de las bolsas.

Mi corazón se detiene cuando veo que está sosteniendo un teléfono.

No.

No, no puede ser.

Salgo del auto, consciente del hecho de que los bordes de mi visión están mareados y poco claros. Esa es la primera señal de un ataque de pánico, pero eso era lo último en mi mente ahora.

"¿Señor?" una mujer joven se me acerco mientras yo comienzo a avanzar.

"El accidente", dije, sin siquiera mirar a la oficial. Estoy demasiado concentrado mirando las cosas que siguen en el suelo, intentando ver si reconozco algo. "¿Dónde están las personas que están heridas?"

Ella se estira para detenerme cuando yo intento acercarme. "Señor, necesita..."

Agarré su muñeca, mi mirada desesperada atrapó la suya. Mi corazón comenzó a latir más rápido, tan rápido que pensé que me iba a desmayar. Mi respiración estaba agitada, mi visión borrosa y mis manos temblaban.

Estoy totalmente fuera de control.

"Puede ser mi esposa", logré decir. Solté su muñeca y agarré el cuello de mi camisa. "Mi hija. Necesito saber..."

Avancé por su lado, ignorando lo que estaba diciendo, "¿Señor? ¡Señor!"

Caminé determinado hacia el auto B hasta que vi una rosa de seda desteñida en el suelo, rodeada de un millón de pedazos de vidrio... y sangre.

Todo la sangre de un cuerpo.

Mi corazón apretaba y mis piernas estaban tiesas. Veo a mi derecha y hay un oficial de policía hombre mayor al lado del auto B. Él está hablando en su teléfono y haciendo observaciones. Ni siquiera me mira, está demasiado ocupado examinando el daño a la SUV.

"Es una lástima", dijo él, sacudiendo su cabeza. "Viene un conductor borracho, mata a una mujer, casi mata a su bebé y sin embargo logra salir sin un rasguño. Es una maldita lástima."

No.

No puede ser verdad.

La primera oficial me alcanza, me agarra por el codo y grita por ayuda. Caigo de rodillas y vuelvo a mirar la rosa de seda.

No.

Britta no.

No es posible.

Debe haber algún error.

"¿Está bien?" preguntó la oficial que me agarraba del codo.

La miro y la oscuridad amenaza con quitarme la claridad. Mis manos intentan agarrar mi pecho. Intento hablar, pero no tengo aliento para decir algo más que un suspiro.

"Mi corazón", dije.

Todo se puso negro.

2

LARKIN

*A*ctualidad

¿Por qué no se sale esto? Estaba furiosa, intentando restregar con más fuerza.

Estoy sobre una escalera que se encuentra colocada fuera de la casa de mi madre. Olvida eso, mi mamá falleció hace tres años y antes de eso ella nunca se ocupó de la masiva y vieja casa victoriana.

Es por eso que estoy ahora en la escalera, limpiando con furia las telarañas y otras mugres negras que se habían creado junto a las hojas.

Supongo que ahora es mi casa.

Tenía puesta una vieja camisa manga larga, mis jeans más viejos y tenía mi largo cabello rubio atado con un pañuelo. Podrá ser verano, pero en la costa de Oregón nunca se pone muy caliente. A lo máximo llegará a los sesenta.

Así que, limpiar las hojas de la casa es una tarea necesaria, pero también me permite tomar sol un rato. Me bañé en la vitamina D, esperando que me hiciera feliz de alguna forma. Qué mal que no pudiera hacer nada con esta sustancia negra al lado de la casa.

Finalmente pude sacar un pedazo y se salió.

Ah. Solo tengo que levantarlo y pelarlo, creo.

Mientras trabajo, me pregunto cómo hizo mamá para que esto empeorara tanto. La casa se encuentra en el medio de lo que yo creo que es el área del centro de Pacific Pines, un enorme área abierta de césped rodeada de casas y tiendas. La casa de mi mamá, aunque ahora es mía, tiene dos pisos, es gris y verde y de techo a dos aguas.

En algún momento en el pasado, mi mamá pagó para que la casa se convirtiera en un dúplex. Ambos lados de la casa están decorados en diseños atrevidos y espeluznantes que se remontan a principios de la década de los 70. Pero esa es mi mamá, Ruth la Grande, así la llamaban. La directora de la escuela primaria, una galanteadora en serie y una completa narcisista hecha y derecha. Ella nunca hacía nada a medias, especialmente no la decoración de interiores.

Intensifico mis esfuerzos y soy recompensada cuando sale un pedazo enorme. Toda la idea de regresar a Pacific Pines es vender esta casa y usar el dinero para mudarme a Nueva York. He estado aquí por seis meses, trabajando en la biblioteca y pasando tiempo con mi tía Mabel, la hermana mayor de mi madre.

Desafortunadamente, como todo lo que tiene que ver con mi madre, no es algo sencillo poner la casa a la venta. Tengo que arreglar primero el lugar. Desde las persianas que se están cayendo, a la pintura, por dentro y por fuera, además de la pila de basura oxidándose en el patio trasero...

Esto va a ser un proyecto masivo. Como no tengo el dinero para mandarlo a arreglar, estoy haciendo todo lo razonable que puede hacer una persona de metro cincuenta. Hoy es la primera vez que le he puesto trabajo duro a la casa y lo encuentro...

Bueno, frustrante, si soy honesta.

En realidad no es verdad. Pasé un día entero la semana pasada abriendo el otro lado de la casa, el lado que ha estado básicamente vacío por años. Tenía curiosidad sobre lo que encontraría ahí, así que abrí todas las puertas y ventanas y molesté a todo el polvo y las polillas.

Para mi sorpresa, el otro lado de la casa está decorado totalmente igual al mío. Gabinetes verdes y papel de pared verde en la cocina. Una enorme sala de estar con piso de adoquines, el cual hacía contraste con el sofá bajo de color amarillo y las sillas. Todos los baños estaban de un color verde, rosado y amarillo.

Incluso subí y encontré los mismos muebles en el dormitorio, todos de cedro y teca, las colchas tenían el mismo patrón geométrico en marrón y amarillo. Hice lo mismo ahí que en mi lado; saqué todas las sábanas de la cama y las reemplacé con unas frescas, recién salidas del paquete. Limpié todas las alfombras, aspiré las cortinas y limpie casi todas las superficies disponibles.

Sí, tendré que reemplazar todo lo de ahí o deshacerme de todo tarde o temprano, pero por ahora está suficientemente limpio.

"¡Hey, señorita Lake!" llamó un joven.

Volteo mi cabeza y cubro mis ojos por el sol. Es Sam Rees, un niño regular de diez años de mi biblioteca. Él está usando un uniforme de la liga de menores.

"Hey, Sam. ¿Cómo estás?" pregunto yo.

"Bien", dice él. "Voy a jugar béisbol."

"¡Bien, eso es increíble!" digo.

Él se rasca su cabeza. "Sí... pero preferiría estar en la biblioteca. ¿Va a estar ahí mañana?"

"¡Sip!" digo. "Desde muy temprano, para tenerlo todo listo para ustedes."

Sam sonríe. "Okay, bueno. ¡La veo entonces, señorita Lake!"

"Chao, Sam", digo, pero él ya se había ido en dirección al campo de béisbol del pueblo.

Quito lo último de la mugre negra que puedo alcanzar y luego comienzo a bajar la escalera. Mientras paso por la ventana de arriba, me quedo asombrada de ver a mi zoo personal reunido, mirando y esperando.

Muffin me mira atentamente a través de su ojo bueno, su pequeña cola felina moviéndose. Zack y Morris son mis dos labradores mezclados con seis piernas entre los dos; ambos ladran y jadean emocionados cuando golpeo el vidrio. Sadie es mi perro más especial, ella es una Malamute ciega y sorda y actualmente tenía su cabeza ladeada, intentando comprender por qué Zack y Morris están emocionados.

Sonrío mientras bajo por la escalera. Todos son considerados dañados de alguna forma, pero eso solo hace que sean más preciados para mí. Cuando llego al piso, veo a un hombre alto y de cabello oscuro de mi edad caminando hacia mí. Él lleva una niña pequeña que juzgo que debe tener dos años. Ella tiene cabello más oscuro, pero había algo en ellos que los marcaba como familia.

Miro a la izquierda y a la derecha, asegurándome de que el hombre estaba caminando hacia mí. No había nadie a la vista, así que enderezo mis hombros. Mientras el hombre se acerca, veo que es mucho más alto que yo. Hay casi medio metro entre nuestras cabezas.

No solo eso, es todo un papacito, me admito para mí misma. Cejas oscuras encima de unos ojos verdes brillantes, pómulos altos, labios amplios, perfecto. Él estaba vestido casual, tenía jeans, una sudadera negra y botas negras al estilo militar. Su cuerpo era espectacular. Era muscular y enorme en todos lados.

Cielos.

"Hola", dije, manteniendo mi tono ligero y amigable.

Él acomoda a la pequeña niña en su cadera y se detiene frente a mí. La examino brevemente; ella lleva una sudadera gris claro y leggins azul marino, además de unos zapatos negros.

"Hey", dijo él. "Soy Charlie Lawson."

El timbre de su voz es inesperadamente profundo y duro.

Hizo que un escalofrío de emoción recorriera mi columna. Me siento mal por la esposa de este galán por el cual me estoy excitando.

Bueno, no tan mal. Ella logra dormir con él en la noche.

"Larkin Lake", digo y extiendo mi mano. Él acomoda a la niña y luego toma mi mano. Cuando sus dedos tocan los míos, yo siento una pequeña carga de electricidad. Él suelta mi mano rápidamente.

"Esta es mi hija, Sarah", dijo él. "Di hola, Sarah."

La niña pequeña se ríe y muestra una sonrisa brillante. "Holaaaaaa."

Me rio. "¡Hola, Sarah!"

"Estábamos comiendo en el Dot's Diner por allí", dijo él, sacudiendo su cabeza hacia donde estaba el comedor en el otro lado del césped. "Y pregunté dónde puedo rentar un lugar por aquí. La señorita que me atendió me dijo que hablara contigo, que tú tienes un lugar."

Volteo y miro mi casa. Sí tengo un lugar, pero no es de conocimiento público. Eso me enseñará a que no puedo limpiar un lado de mi casa en este pueblo y no esperar que todo el pueblo se entere de inmediato.

"Lo tengo", dije lentamente. "Pero es muy anticuado. Todo fue instalado en los setenta."

"¿Está limpio?" pregunta él, arrugando sus cejas.

"Bueno, sí."

"Sí", imita Sarah, orgullosa de sí misma.

Él ni siquiera reacciona, solo la mueve en su cadera.

"¿Tiene dos dormitorios?" preguntó él.

Muerdo mi labio antes de responder. "Tiene tres. ¿Quieres... quieres verlo?"

Él me mira por un segundo, quizás intentando decidir si soy confiable. "Claro."

Me volteo y los llevó hacia las escaleras de la segunda entrada, construida para imitar a la primera. No es tan bonita como la original, la puerta es de madera vieja y sólida mientras que la mía es de cristal. Las dos entradas están separadas por una pared, así que cada una tiene su propia mitad privada del porche.

"Ya regreso", le digo a Charlie, el cual solo mueve a Sarah en su cadera. "Tengo que ir a buscar las llaves en mi casa."

Corro por los escalones y me apresuro a mi puerta. Las llaves están en un gancho adentro, colgadas justo encima de mi fila de abrigos ordenados en sus ganchos y mis botas de lluvia en el suelo.

Las agarro y regreso hacia Charlie y Sarah. Levanto las llaves como evidencia de que tuve éxito, pero él ni siquiera parpadea.

"Entonces, uh... ¿te vas a mudar aquí con tu... compañera?" Yo pregunto mientras desbloqueo la puerta y la abro.

"Com-ñera", repite Sarah. Yo le sonrío.

"Así es, dije compañera", le digo.

Estoy seguro de que es heterosexual, pero ya sabes lo que dicen de asumir cosas. Entramos directo al espacio de la sala de estar.

"No", dice Charlie en un tono que ruega que no le hagan más preguntas. "Solo Sarah y yo."

"Ah", asiento yo, regañándome internamente.

Noto que Charlie no tiene la necesidad de llenar las largas pausas entre sus palabras con charlas. No como yo; me siento ansiosa cada segundo que paso en silencio.

Con eso y el aspecto de sus botas, apuesto a que solía ser militar. Mi papá era militar cuando yo era pequeña. Él se movía de forma similar, sus ojos siempre moviéndose.

"Entonces, si no te importa que pregunte, ¿para qué te mudas a Pacific Pines?" digo.

"Quiero estar más cerca de la familia", contesta él. Él mueve a Sarah en su cadera y su atención va hacia la cocina.

Lo sigo mientras él avanza por el primer piso. "¿Y qué haces como trabajo?"

Él abre uno de los gabinetes verdes y lo encuentra vacío.

"Trabajo para mí mismo", dijo él. "El dinero no es un problema."

Mis cejas se elevan. "¿Oh?"

"Abajo", dice Sarah, jalando la camiseta de Charlie. "Abajo."

Él mira alrededor y luego baja a Sarah. "¿Te importa cuidarla un segundo mientras reviso los dormitorios?"

Miro a Sarah, la cual está caminando hacia los gabinetes de la cocina y comienza a abrir y cerrar los que están abajo. "Claro, no hay problema."

Él desaparece hacia el resto de la casa. Asumo que puede encontrar las escaleras por su cuenta. Pero Sarah no está convencida.

"¡Papá se fue!" ella me dice, su expresión es de sorpresa.

Hora de distraerla. Yo avanzo hacia ella y me inclino, señalando un gabinete.

"Eso es un gabinete."

"Gabi-tee", dice ella.

"Gabinete", repito yo.

Escucho las botas de Charlie en las escaleras y luego lo escucho caminando.

Ella me mira, su expresión solemne. "Gabi-tey."

"Mmmhm", murmuro yo. Sarah se voltea y mira alrededor.

"¿Dónde?" chilla ella. "¿Papá se fue?"

"¿Hey, viste esto?" Yo redirijo su atención al abrir un gabinete. "Mira."

Su cara se llena de curiosidad. "¿Qué?"

Cierro el gabinete y lo vuelvo a abrir. Ella se acerca y coloca su mano pequeña sobre la mía y empuja hasta que se cierra el gabinete. Luego me mira.

"Funciona." Dice ella, completamente seria.

"Sí, lo hace." Yo vuelvo a abrir el gabinete y ella me mira con ojos solemnes.

Escucho a Charlie avanzando por las escaleras y unos segundos después aparece en la cocina.

"¡Pa!" Chilló Sarah y levantó sus brazos. "¡Levanta!"

Charlie la levantó. Ella se ve completamente feliz. Había algo en la forma en que sus pequeños puños se agarraban a su sudadera que hizo que apareciera un nudo en mi garganta con una emoción que no puedo nombrar.

"Me gusta", me dice él. "Preferiría que no fuera un arrendamiento. Pagaré más si tengo que hacerlo. Asumiendo que aceptes, obviamente."

"Bueno, no estaba planeando dejar ir este lugar tan pronto... así que todavía no tengo un arrendamiento", dije encogiéndome de hombros. "¿Qué te parece... ochocientos al mes?"

Él no reacciona, solo se encoge de hombros. "Está bien. ¿El primer y el último mes como depósito?"

Mis ojos se abren. Eso es mucho dinero. Pero bueno, él dijo que no habría problema. "Claro."

"¿Puedo mudarme ahora mismo?" preguntó él.

"Ahora", repite Sarah y luego se pone a reír. Es difícil no sonreír.

"Sí, claro. ¿Tienes muchas cosas?" pregunto yo.

"No", dice él. "Probablemente tenemos menos de seis mochilas cada uno y eso es todo."

"¿En serio?" pregunto yo, sorprendida.

"En serio", dice él y busca su billetera. Él saca varios billetes con habilidad de su billetera mientras Sarah encuentra el cordón de su sudadera y lo jala. Él cuenta y me entrega. "Toma. Ahí debería haber mil seiscientos."

Él coloca el dinero en mis manos. "Bien. Aquí están las llaves. ¿Quieres que cuide a Sarah mientras metes las cosas?"

"Nah", dice él. "Estaremos bien."

"Está bien", digo encogiéndome de hombros. "Los veré luego. Chao, Sarah."

Sarah dice un montón de palabras raras, pero yo supongo que es una despedida. Yo camino alrededor de la casa hacia mi escalera y arrugo mi cara.

De alguna forma, parece mucho menos interesante que hace una hora. Muevo la escalera y vuelvo a subir. Si subo hacia lo más alto y me pongo de puntillas, puedo ver a Charlie y a Sarah avanzando por el jardín verde, seguramente al auto que tiene.

Charlie es una enorme interrogante para mí, aunque muy apuesto. Aun así, no puedo decir que no estoy feliz de tener a un dulce así...

Sarah es una preciosidad.

Suspiro y regreso a mi trabajo de limpieza.

3

CHARLIE

Me despierto la mañana siguiente con Sarah de dos años mirándome y frunciendo el ceño. La puse a dormir en su corral, pero obviamente ya estaba grande para eso, ya que estaba trepada en mi pecho ahora.

Me quedo acostado por un segundo, sintiendo el sudor de mi pesadilla haciendo que mi camiseta de algodón y mi pijama se peguen a mi cuerpo. La habitación en la que estamos se siente rara y me toma un segundo recordar que nunca hemos dormido antes aquí.

Sarah me mira, su cabello oscuro está todo alborotado. Ella luce igual a su madre y eso hace que mi corazón se estremezca cada vez que la miro.

"¿Sueño?" pregunta ella.

"Sueño, sí", yo suspiro, moviéndola a un lado y sentándome. "¿Dormiste bien?"

"¡Dormir!" chilla ella.

"¿Necesitas ir al baño?"

Sarah piensa y luego sacude su cabeza. "No."

La miro escéptico. Ella había comenzado a aprender a ir al baño hace un mes. Siempre estoy asombrado al descubrir que fue sola al baño.

"Yo limpiar", dijo ella. Yo interpreto eso como que ella fue sola.

"Está bien. ¿Tienes hambre?" pregunto mientras me levanto.

"¡¡Sí!!" dice ella, poniéndose alegre al instante que menciono comida. Qué puedo decir, la niña ama la comida.

"Okay. Vamos a buscar algo de ropa", dije, ofreciéndole mi mano.

Pasamos por los pequeños pasos de la rutina de la mañana. Logro distraerla con cereal seco y caricaturas en mi iPad el tiempo suficiente para tomar una ducha ultra rápida.

De cierta forma, es bueno que esté ocupado intentando bañar a Sarah o intentando ayudarla a escoger su ropa. De esa forma no puedo preocuparme con lo que sucederá después, es decir, aparecer sin anunciarme en la casa de mi papá con Sarah conmigo.

Mi papá se alejó de mí desde que decidí unirme al Ejército, hace casi diez años. Nosotros nos separamos porque yo le pedí que viera a mamá ocasionalmente mientras estaba en el campamento.

"Hay una razón por la cual me divorcié de ella", me gritó a mí. "La perra está loca."

Pero no lo suficientemente loca como para dejarla con tu hijo, supongo, pensé yo.

Sí, es mejor preocuparse en empacar suficientes bocadillos y ropa interior de repuesto para Sarah. Me he convertido en el maestro de tragarme mis miedos, preocupándome de lo que está en frente y no lo que vendrá en el futuro.

Una hora y media después de que ella me haya despertado, ambos estamos vestidos y listos para irnos. Yo cargo a Sarah, mi mochila de la laptop y su mochila de pañales.

Entrecierro mis ojos por la luz de la mañana mientras avanzó hacia mi sedán. Veo a la propietaria, Larkin, cerrando su puerta.

Desvío la mirada al instante, pero una mirada fue suficiente para tener a Larkin grabada en mi cerebro.

Ella es una cosita pequeña, probablemente de metro y medio y probablemente de solo unos cincuenta kilos. Ella tiene largas trenzas rubias que se ondean un poco hacia el final y su cara tiene forma de corazón, con enormes ojos ámbar, una nariz respingona y una boca que me hacía pensar cosas sucias.

El último pensamiento me hizo sentirme descontento. Ella iba vestida muy conservadora, tenía una falda roja hasta la rodilla, un top azul marino que cubría todo hasta el cuello y un cárdigan amarillo.

"¡Hey!" Larkin me saluda, levantando una enorme caja que parecía pesada y acomodándola en su cadera. "Hola, Sarah."

Sarah hace un sonido emocionada y salta en mis brazos. Ella saluda a Larkin. "¡Hamburguesa!"

Larkin se ríe. "Pareces estar de buen humor, señorita Sarah."

Sarah responde con un montón de palabras sin sentido.

"Está parlanchina hoy, creo", digo y me volteo hacia el auto.

"Es normal en los niños de su edad, creo", dice Larkin, siguiéndonos.

"¿Eres una maestra?" pregunto yo, volviendo a mirar su ropa.

"Una bibliotecaria", responde ella. "Pero recibimos a muchos niños de tu edad, ¿cierto, Sarah?"

Sarah sonríe y aplaude con sus manos. Supongo que ella ama siempre que alguien dice su nombre todo el tiempo.

"Luego", digo acelerando. "Tengo que irme."

Dejo a Larkin atrás y me fuerzo a pensar en la futura visita sorpresa a mi padre. Prefiero pensar en mi papá que lidiar con la atracción que puedo sentir por la dueña caliente.

La casa de papá y su tienda de hardware están separadas por una cuadra. Yo conduzco a la tienda y luce igual que siempre, es un pequeño edificio con un techo gris. Siempre me había parecido como un Yorkie viejo con un flequillo largo, al menos para mí.

El anuncio en la puerta dice que no está abierto, así que giro en la cuadra y me estaciono en frente del revestimiento verde y gastado y el hierro oxidado de la casa de dos pisos de papá. Respiro hondo mientras observo el césped demasiado largo y los números de vinil que se estaban peleando en el buzón.

Sip. Este lugar tampoco había cambiado. La puerta del frente se abre y mi madrastra sale con una escoba y barre el frente del porche. El césped podrá ser de mi papá, pero aparentemente el porche es de ella. Rosa había envejecido un poco en diez años, pero se sigue moviendo bien y sigue teniendo mucha de la belleza guatemalteca que había conquistado a mi papá.

Sarah suelta un grito aleatorio con su voz aguda deseando salir de su asiento del auto. Yo veo a Rosa mirar confundida mi auto. Yo miro a Sarah, intentando calmarla.

"¡Sarah, hey!" Digo en el tono más animado que puedo lograr. "Aquí está tu juguete…"

Ella se calma y aprieta la pelota que acabo de darle. "Pelota."

Volteo para ver por mi ventana, solo para encontrar a Rosa a punto de golpear el vidrio. Suspirando, yo bajo el vidrio. "Hey, Rosa."

"Charlie, sal de ese auto ahora mismo", dice ella con su acento marcado. "Déjame verte."

"Uhhh…" Yo miro a Sarah, ella está jugando feliz con su juguete. "Está bien."

Abro la puerta y salgo, soy más alto que Rosa. Ella coloca sus manos en sus caderas por un segundo y frunce los labios. Luego sonríe y me abraza.

Por un segundo no sé cómo reaccionar. Me pongo tenso. Ha pasado mucho tiempo desde que alguien es afectuoso físicamente conmigo además de mi hija. Luego me fuerzo a relajarme y la abrazo sin muchas ganas.

"Te ves delgado", dice ella chasqueando sus dientes. "¿Estás comiendo?"

"Comemos bien." Yo me salgo de su abrazo.

Rosa mira alrededor de mí hacia Sarah. "¿Quién es ella? ¿Es tu hija?"

Sarah le sonríe con picardía a Rosa y le enseña su pelota.

"Ella es Sarah", digo, casi avergonzado por la forma en que Sarah conoce a sus abuelos. Sarah de repente se pone frustrada por estar atada y quiere salir del asiento del auto.

Rosa chasquea su lengua. "Bueno, no te quedes ahí parado, ¡sácala de su asiento!"

Abro la puerta y saco a Sarah del asiento del auto, cargándola y cerrando la puerta. Rosa la mira y sus ojos se ponen llorosos.

"Esta es mi primera nieta, ¿sabes?" dice ella. "Debiste haberla traído antes."

Ella estira sus brazos hacia Sarah, pero Sarah no está interesada en ir hacia ella. Sarah voltea su cabeza y la coloca en mi hombro, se pone a hacer puños en mi sudadera.

"Lo siento", yo me encojo de hombros. "Le toma un minuto acostumbrarse a la mayoría de las personas."

Excepto la dueña, pienso yo.

"No hay problema", dice Rosa, dándole palmadas a la espalda de Sarah. "Vamos, entra. Dale y Jax estarán felices de verte." Ella comienza a cruzar el patio esperando que la siga. "Tiene veinticuatro ahora, sabes. Es grande y fuerte, al igual que su padre y hermano."

Medio hermano, pienso yo. *Me gustas, Rosa, pero le robaste a mi papá a mi mamá. No he olvidado eso. Al igual que no he olvidado que mamá falleció mientras yo estaba en el extranjero y nadie estaba con ella.*

Pero yo no dije lo que pensaba. Además, todo la situación con mi madre es demasiado enredada como para comenzar a desenredarla. Esos son temas que prefiero dejar debajo de la alfombra y no mencionarlos ahora.

Rosa abre la puerta del frente y entra y me apura para entrar. La sala no ha cambiado nada desde la última vez que estuve aquí. Todavía siguen las mismas sillas reclinables grises y el mismo sofá marrón triste, todos alrededor de un antiguo set de TV. Las mismas fotografías familiares, alineadas y agrupadas como un santuario a mi hermano.

La gran sorpresa es que mi papá no está en su silla, con todas sus latas de Budweiser apiladas. Pero bueno, es la mañana. Tal vez solo necesito darle tiempo.

"¡Dale! ¡Jax!" Llama Rosa. "¡Vengan y miren a quién me encontré afuera!"

Pasamos por lo que solía ser el comedor... excepto que ya no era un comedor. Es...

Un pequeño estudio de yoga.

Me quedo boquiabierto al ver a mi padre y a mi hermano sentados con las piernas cruzadas en colchonetas verdes de yoga. Toda la habitación solía estar cubierta con la alfombra orgánica más horrible del mundo, pero ahora fue reemplazada con un nuevo piso Pergo laminado.

"¡Charlie!" dice mi papá, sorprendido. Él se levanta. "¿Qué estás haciendo aquí?"

Es fácil ver de dónde sacamos Jax y yo nuestra altura y aspecto; mirar a mi papá es como mirar un espejo. Él tiene cabello oscuro y ojos verdes, aunque su cabello ahora tiene algo de gris. Ahora que lo veo, en realidad es más flaco que yo.

Jax es su clon, nuestro clon, aunque tiene una piel más oscura.

"Solo vine a visitar", dije. No era completamente cierto. Pero ya no soy el centro de atención, porque mi papá puso sus ojos en Sarah.

"Ohhhh..." dijo él, su boca abriéndose más que la mía cuando vi la habitación de yoga. Él me mira. "Esta es..."

Muevo a Sarah, ella se está moviendo, queriendo que la baje. "Sí. Sarah. No quiero bajarla o temo que va a destrozarte toda la casa."

"¡Deja bajar!" Sarah chilló. Ella comenzó a ponerse roja y eso no era buena señal. Usualmente venía un berrinche después de eso. "¡Deja bajar!"

"Bájala. Deja que explore", dijo Rosa.

Miro a mi papá y él asiente de acuerdo. Me doblo y pongo los pies de Sarah en el suelo. Ella corre de inmediato a la ventana y se pone de puntillas para mirar.

"¿Qué es eso?" dice ella, mirando a Rosa.

Rosa, alegre de ser incluida, se acerca y se arrodilla junto a Sarah. "Eso es un árbol."

"Árbol", dice Sarah, arrugando sus cejas.

"Bueno", dijo Jax, levantándose. "Hola."

Jax camina y me abraza. De nuevo, se siente raro ser abrazado.

"Hey, hermano", dije. "Es bueno verte."

Jax retrocede y me mira. "Lamento lo de Britta. Intenté llamar un par de veces..."

Es cierto. Él lo intentó, mi papá y Rosa lo intentaron... probablemente otras cien personas intentaron llamar. Yo solo apagué mi teléfono y eventualmente cambié mi número.

"Sí... eso... es mi culpa", dije mientras me frotaba la nuca. "Las cosas estuvieron muy tristes por un tiempo."

Eso es todo lo que puedo decir de los últimos dos años, al menos sin que mis ojos se llenaran de lágrimas. Sarah es la única razón por la cual sigo viviendo; incluso así, vivir es algo relativo.

No sé cómo llamar al ciclo de caminar, trabajar, cuidar a mi hija y luego sollozar desesperadamente en mi almohada apenas estuviera seguro de que Sarah no escucharía.

Mi papá se acerca y me da una palmada en la espalda. "Estamos felices de que estés aquí ahora, Charlie."

Sonrío sombríamente. "En realidad, acabo de rentar un lugar en el pueblo."

Papá y Jax se quedaron mirándome. Jax es el primero en hablar. "O sea... ¿para vivir?"

"Sí, pensé que solo estabas visitando." Dijo mi papá confundido.

"Me expresé mal", dije, encogiéndome de hombros. Es difícil no ponerme a la defensiva, pero hago lo que puedo. "Estamos aquí al menos por unos meses."

"Eso es genial, Charlie", dice mi papá. "Deberían venir los dos para la cena del domingo."

La cena del domingo suena como una buena excusa para que papá se emborrache y le grite al que tenga la mala suerte de estar cerca.

Miro a Sarah, ella ya abandonó la ventana y ahora está explorando las colchonetas de yoga. Ella levanta una de las esquinas de las colchonetas y mira debajo como si hubiera una sorpresa. Cuando solo encuentra el suelo, ella frunce el ceño.

"Sí... no lo creo", digo, sacudiendo mi cabeza. "No me gusta que Sarah esté alrededor de personas tomando."

La cara de mi papá se sonroja. "Yo, uh... he estado sobrio por casi una década. No bebemos en la cena del domingo. Es el día del señor después de todo."

Me quedo tan aturdido que podrías tumbarme con una pluma. No puedo recordar a mi padre *no* tomando.

"Sí, usualmente vienen algunas personas de la iglesia", dijo Jax. "Deberías venir."

De reojo puedo ver a Rosa abrazando a Sarah. Ella luce insegura al comienzo, pero luego deja caer su cabeza en el hombro de Rosa.

"Lo pensaremos", dije.

"Cielos, tengo que irme", dice Jax. "Tengo que bañarme antes de ir al trabajo."

Levanto mis cejas. "¿Sí?"

"Sip. Debo ir a casa. Escucha, te llamaré e iremos por algo de comer."

Debo decir, lo que sea que papá y Rosa hicieron con Jax hizo que saliera muy bien. Él avanzó con confianza por la sala. Yo asentí sin confirmar nada.

"Nosotros también debemos irnos", dije.

"¿Tan pronto?" Rosa protestó y parecía alicaída.

"Sí, ya sabes. Trabajo", mentí yo. Soy un analista de negocios remoto, que es el equivalente nerd a 'trabajo a mis propias horas'.

Ella chasquea su lengua de nuevo, pero no hace un problema. Ella le da un último abrazo a Sarah. "Chao, *reinita*."

"¿Chao?" Dice Sarah, pareciendo un poco triste cuando Rosa se levanta.

Mi corazón se aprieta en mi pecho cuando me doy cuenta de que Sarah no ha tenido mucha atención femenina en su corta vida.

"Piensa sobre el domingo", dice mi papá. "Es una potluck, así que trae un postre de la tienda."

Él me guiña el ojo y yo tengo que trabajar para mantener mi expresión neutral. ¿Quién es este hombre hippy flaco, amante del yoga que no bebe y qué hizo con mi papá?

"¡Ay!" Rosa le dice a él. A mí me dice, "No traigas nada más que a tu pequeña *pobrecita*."

"Está bien. Lo pensaremos", repetí yo, agachándome y recogiendo a Sarah.

"Ven, te acompaño a la puerta", dice Rosa, echándose sobre mí como una mamá gallina.

"Chao", dije, volteando y saliendo del lugar.

Sarah murmura un montón de incoherencias y saluda a Rosa. Veo a Rosa apretando su pecho mientras yo abro la puerta.

Logro llegar a la mitad del camino hacia el auto antes de que la cara de Sarah se derrumbe.

"¡Señora!" gimotea ella apuntando a la puerta. "¡Regresa!"

No sé qué sucede con Sarah encariñándose últimamente con las personas; primero la dueña, ahora Rosa. Es muy difícil meter a Sarah en el auto y ponerle el cinturón.

Una vez cierro la puerta, me tomo un segundo para respirar. Miro la casa y veo a mi papá y a Rosa mirándome. Rosa levanta su mano despidiéndose sin muchas ganas.

Le regreso el saludo y luego entro al auto. Sarah está gritando a máximo volumen mientras me alejo, lleno de un temor que no puedo nombrar.

4
LARKIN

Es la noche del lunes mientras estaciono mi antiguo Toyota Camry detrás de mi casa. Es el comienzo de mi fin de semana, ya que estoy libre el martes y el miércoles.

Ha sido una semana muy larga en la biblioteca, el (jefe principal) estaba insistiendo que nos volviéramos más eficientes en vez de contratar las dos posiciones vacías que tenemos. Me pasé toda la semana aguantando la respiración e intentando que no me notaran.

Mientras llego a casa y abro la puerta del frente, me siento alegre de estar aquí. Mucho más cuando me recibe mi zoológico.

"¡¡Hola!!" Le canto a Morris, el primer que coloca su nariz debajo de mi mano. "¡Hola, chicos!"

Zack empuja a Morris fuera del camino y Sadie también se une. Cierro la puerta y pongo mi cartera en el gancho, luego me quito mis zapatos y las pongo en la esquina.

"¿Quién quiere un bocadillo?" Digo.

Zack y Morris se vuelven locos y eso hace que Sadie se vuelva loca. Yo sonrío mientras avanzo por la sala y luego a la cocina, yendo directo a la jarra de bocadillos en el mostrador de la cocina.

Hago que todos se sienten, asegurándome de golpear el suelo para que Sadie también participe. Mientras los perros comen sus bocadillos, yo saco la bolsa de bocadillos de Muffin.

Solo el sonido al abrirlo hace que Muffin se mueva entre mis piernas y ronronee. Le doy un bocadillo y la acaricio detrás de la oreja mientras come.

Regreso a la sala y colapso en el sofá. Me quito mi vestido rosado color chicle y suspiro. Es bueno estar en casa.

Escucho la puerta cerrarse al lado y muerdo mi labio. Estoy muy curiosa sobre lo que han estado haciendo Charlie y Sarah en los últimos días; apenas había visto o escuchado de ellos desde que se mudaron.

Pienso en Charlie, con su enorme tamaño y sus hermosos ojos verdes y me da un escalofrío. No sé exactamente qué tiene que lo hace tan intrigante. Quizás es su estoicismo o quizás es por la forma en que mira a Sarah. Protector, pero también un poco desconectado emocionalmente.

También está el hecho que algunas de las máquinas oxidadas del patio trasero siguen apareciendo en el porche, limpias y funcionando. Solo puedo adivinar que él está detrás de eso, pero no estoy segura por qué.

No lo sé. Pero de cualquier forma, eso lo convierte en un rompecabezas que no puedo esperar a armar. Tengo que comprenderlo, así puedo encontrar algo más en lo que preocuparme.

Levantándome, me dirijo a la cocina. Tengo una jarra enorme de té al sol que he estado remojando en la ventana desde que amaneció.

Si fuera una buena vecina, yo iría al lado con ese té, me dije misma.

Sacándome mi cárdigan blanco, yo agarro la jarra de té y tres vasos de plástico, luego voy al lado. Respiro hondo mientras me paro en frente de su puerta.

Puedo hacerlo.

Yo toco. Escucho a Sarah corriendo hacia la puerta del

frente antes de que Charlie la abra y Sarah no pueda salir. Él me mira de reojo, está un poco confundido.

"¿Sí?" dice él.

"Hey", digo, mostrando mi jarra de té. "Solo... hice algo de té. Quería asegurarme de que te estuvieras acomodando bien. Ya sabes, estoy siendo buena vecina."

Sarah chilla a todo pulmón y Charlie abre la puerta para que pueda ver lo que sucede.

"¡Laken!" grita ella. "¿Jugo?"

"Sí, parece que trajo jugo", dice Charlie mientras retrocedía. "Entra, Larkin."

"Okay", digo y entro. "Ooof."

Sarah lanza todo su cuerpo hacia mí y abraza mis piernas. "¡Laken!"

Yo le sonrío, pero Charle intenta sacarla con cuidado.

"Vamos, Sarah", dice él. "Vamos a la cocina para que Larkin pueda darte algo de té."

Él levanta a Sarah y la lleva a la cocina. Yo cierro la puerta y lo sigo, colocando la jarra en el mostrador de la cocina. Mientras sirvo el té, comienzo a mirar alrededor.

"Es un poco extraño lo similar que es mi lado de la casa", digo.

Charlie me mira y arruga sus cejas. Él acepta el vaso de plástico y toma un trago antes de pasárselo a Sarah.

"Con cuidado", le advierte a Sarah, ella toma un trago largo y luego coloca el vaso en el piso. Luego el silencio se alarga.

El silencio me pone muy nerviosa.

"Entonces, um..." Digo, moviendo el té en el fondo de mi vaso. "¿Por qué fue que se mudaron aquí?"

Él me mira de reojo y por un segundo pienso que está por echarme de su lado de la casa. Luego se encoge de hombros.

"Tenemos familia aquí", dijo él.

Estoy tan curiosa sobre de dónde vienen... y a quién NO están mencionando... especialmente la mamá de Sarah. Muerdo mi labio inferior y espero que me suelte algo más.

"Buen jugo", dice Sarah y señala su vaso.

Charlie la mira y sonríe ligeramente. Es la primera vez que veo una respuesta positiva de él, eso es seguro.

"¿Entonces, estás intentando... reconectarte con tu familia?" pregunto yo.

Hay otra pausa y Charlie frunce sus cejas. "Supongo. Sarah nunca ha pasado tiempo con este lado de la familia."

¿Entonces eso significa que ha pasado tiempo con el otro lado? Mi cerebro está haciendo gimnasia intentando descubrir su historia.

Sarah voltea el vaso en el piso y hace una cara triste y cómica. Charlie ya se está moviendo para buscar varias toallas de papel para limpiar el té.

"¡Mio jugo!" Sarah se queja, agarra el vaso y esparce el té.

"Espera", dice Charlie, se agacha junto a ella e intenta secar el desastre.

"Ven aquí, Sarah", digo, llamándola. "¿Toma algo del mío, okay?"

Sarah suelta su vaso y corre unos pasos hacia mí y rodea mis piernas con sus brazos. "¡Grachas!"

Supongo que eso es un 'gracias' de una niña de dos años. "De nada."

Yo me arrodillo para estar cerca de su altura, permitiendo que Sarah tome unos tragos de mi té con cuidado. Noto que Charlie nos mira mientras limpia lo último del té y luego se levanta las toallas de papel mojadas. No puedo decidir si es bueno o malo que no quiera ser atrapado actuando con libertad.

Puedo ver que solo quiere estar solo. Si Sarah no existiera, quizás lo dejara estar. Pero siento que mientras que Charlie quiere esconderse y estar solo, Sarah quiere conocer personas nuevas y hacer cosas nuevas.

Yo quiero ayudarla a hacer esas cosas. ¿Y que su padre sea un hombre sexy y misterioso? Eso es solo un bono, la cereza encima del pastel.

No hay nada que ame más que un rompecabezas.

Para unirme más con Sarah y descubrir lentamente más sobre Charlie, voy a tener que prolongar esta interacción. Necesito pedirle un favor, pedirle que haga algo.

Mi mente recuerda las máquinas limpias y arregladas del patio. Las palabras salen de mi boca antes de haberlas pensado bien.

"¿Hey, podrías ver mi lavaplatos?" Balbuceé yo.

Él me dedica una mirada casi disgustada. "¿Tu lavaplatos?"

"Sí", dije, poniéndome nerviosa. Puedo notar mis palmas comenzando a sudar y mi cara comenzando a calentarse. "Noté que limpiaste y arreglaste las máquinas del patio..."

Paso mi pulgar por encima de mi hombro, como si mi explicación aclarara todo.

Su boca hace una mueca, pero él no dice que no. "Sí, está bien."

"¿Te importa si cargo a la señorita Sarah?" Digo, volteando hacia ella. Sarah comienza a hablarme, sus palabras son puras incoherencias de bebé.

Charlie duda y luego asiente. "Okay."

Mientras levanto a Sarah, no puedo evitar pensar que acabo de pasar una especie de prueba sin saberlo. A Charlie no parece gustarle o confiar en muchas personas, pero me permite cargar a Sarah al lado sin problemas.

Nos permito pasar por la puerta de vidrio del frente y Sarah se maravilla de inmediato con mi colección de animales. Morris y Zack están a mis pies, oliendo a Sarah y Charlie con atención. Pero los perros están muy entusiasmados y comienzan a mover sus colas al segundo.

"¡¡Perrito!!" Chilla ella, estirándose para tocar las narices curiosas de Zack y Morris. Ella mira a Charlie. "¿Papi, perrito?"

Charlie me mira inseguro. "¿Están bien con una niña de dos años?"

"Definitivamente. Pero para estar seguros, sostendré a Sarah todo el tiempo", prometo yo. Sadie coloca su nariz bajo mi mano y yo la acaricio. "Ella es Sadie. No puede ver o escuchar. Él es Morris y él es Zack. Todos tienen necesidades especiales."

Sarah estira su mano hacia Sadie y ella la huele. Sarah suelta una carcajada y retira su mano.

"Y... ¿qué le sucede al lavaplatos?" Charlie me recuerda.

"¡Oh! Cierto. Vamos a la cocina."

Cargo a Sarah por la sala y alrededor del mostrador de la cocina en forma de U. Señalo el lavaplatos.

"Justo ahí", digo con un suspiro. "Lo he estado usando como un escurridor de platos desde que me mudé aquí."

Charlie mira el lavaplatos, el cual probablemente tiene casi mi edad. Él se agacha con una mueca, abre la puerta y saca la parte inferior. No puedo evitar notar lo enorme que es cuando está al lado del mostrador; fácilmente es una cabeza más alto que el mostrador, incluso agachado.

Muevo a Sarah en mi cadera, intento sostenerla con cuidado, pero ella no quiere estar cargada. Ella descubrió que Sadie dejará que la acaricie eternamente, así que quiere bajar.

Charlie nos mira mientras mete su brazo en el lavaplatos y saca varias piezas de plástico. Veo que su mente está pensando mientras siente todo dentro.

"Ah", dice él asintiendo. "Sí, está roto. Es un arreglo simple y muy barato. Solo tienes que ordenar la parte de Amazon u otro lugar."

"¡Quiero bajar!" Insiste Sarah, patea sus piernas y mueve sus pequeños puños en mi pecho y brazo. "¡¡Perrito!!"

Ella se pone roja por la fuerza de su ira repentina.

"Puedes bajarla", dice Charlie, usando su mano para indicar abajo. Él se levanta y se sacude las manos. "De lo contrario le dará un ataque."

Yo la bajé y ella avanzó hacia Morris, él estaba bebiendo de su envase de agua al otro lado de la cocina. Estoy justo detrás de ella, lista para defenderla de los perros. Afortunadamente, aunque Sarah agarra el pelo de Morris, él solo jadea e intenta lamerla.

"Tus perros son buenos con los niños", dice Charlie. "No lo esperaba."

"Bueno, Sarah no es la primera niña que conocen." Yo me inclino y acaricio a Morris mientras hablo. "Zack y Morris en realidad son perros certificados de terapia. Algunas veces los llevo a la biblioteca para que escuchen leer a los niños. Es Sadie la que me preocupaba, aunque ella ha conocido a niños un poco mayores que Sarah y ha estado bien."

Él asiente y mira a Sarah con atención.

"¿Entonces adoptas perros que necesitan ayuda?" dice él, inclinándose en el mostrador de la cocina.

"¡Y gatos! Tengo un gato por aquí, pero es muy tímido."

"Imagino que Sadie necesita mucho de tu tiempo", dijo él, asintiendo hacia ella.

"Al comienzo sí. Recibí a Sadie cuando era una cachorra de un criador que no sabía qué hacer con ella. Pero una vez que Sadie se aprendió los comandos..." Yo pausé y golpeé el suelo dos veces con mi pie. Sadie se sentó de inmediato. "Acaríciala, por favor." Mientras miro, Charlie la acaricia con afecto detrás de las orejas. Yo sonrío. "Como sea, ahora que conoce las señales, ambas vivimos una vida muy fácil. ¿Cierto?"

Zack se acercó celoso de la atención que recibía Morris de Sarah. Ella está tan feliz como puede estarlo una niña de dos años acariciando a un perro con cada mano y sonriendo.

Miro a Charlie mientras él la observa, tomando nota de las características físicas parecidas que tienen. Sus pómulos son parecidos y sus ojos verdes y brillantes. No puedo evitar pensar en la pieza restante, la madre a la que Sarah le debe su color.

Sarah acaricia al perro, feliz. Veo que Charlie está casi sonriendo de nuevo, su cara está tranquila y libre de las arrugas que vienen de la preocupación. Me pregunto si se da cuenta de que es mil veces más apuesto cuando está casi feliz.

Debería pensarlo bien y no encontrar a Charlie tan atractivo. Debería. En mi caso, se supone que estoy solo de paso por Pacific Pines, arreglando la casa de mamá y luego saldré de aquí.

Y Charlie... fuera cual fuera el extraño problema que lo dejó sin su acompañante y lo dejó en un desastre oscuro y problemático...

Sí, yo no debería querer nada relacionado con eso. Pero no puedo evitarlo, al menos tengo que saber por qué Sarah y él están aquí por su cuenta.

"¿Te importa si te hago una pregunta personal?" Digo. La atención de Charlie regresa a mí y su ceño fruncido regresa.

"Depende", dijo él, fue tan bajo que pareció casi un gruñido.

"¿Dónde está la M-A-M-Á de Sarah?" digo, deletreándolo en beneficio de Sarah.

Su expresión se pone negra al instante. "Deberíamos irnos."

Él levanta a Sarah y parece furioso. Entonces la respuesta a mi pregunta debe ser muy mala. Charlie comienza a irse y se dirige a la sala.

"¿Te veo luego?" pregunto yo, siguiéndolos.

"Sí", dice él mientras llegaba a la puerta del frente.

Él la abre y se fueron, la puerta cerrándose detrás de ellos.

Me inclino contra la pared de la sala, insegura de lo que hice.

5

CHARLIE

Maldita Larkin, pienso yo, sacudiéndome y volteándome en mi cama. Estoy entre dormido y despierto, justo al borde de quedarme dormido.

Pienso en la noche de ayer. Estaba en la cocina, apoyado en el mostrador de una cocina que era casi, pero no igual a la mía, estaba cruzado de brazos. Miraba a Sarah, su cabello oscuro sobre su camiseta blanca de manga larga, sus manos regordetas tocando el pelo de los perros.

Pero no es que haya ignorado a Larkin. ¿Cómo podría? Ella es obviamente una belleza, con su largo cabello rubio y sus encantadores ojos color caramelo. Sigo siendo un hombre con sangre y ella tiene una figura perfecta de reloj de arena.

No soy inmune a sus encantos, eso es lo que digo. No me había olvidado de Britta. ¿Quién podría? Pero no estaba pensando en ella justo en ese momento. Estaba pensando que era bueno que Sarah decidiera abrirse a la vecina y también estaba pensando que no era malo que la vecina fuera linda.

Eso fue mi perdición.

Luego Larkin pregunta, "¿Dónde está la M-A-M-Á de Sarah?"

Y todo mi mundo se cae de inmediato.

Yo me muevo en la cama, intentando dormir más profundo.

Sueño que estoy en el asiento de pasajero de una Humvee negra, saltando a través del camino destrozado por la guerra fuera de Damasco. Todo lo que veo fuera de la Humvee es un paisaje del mismo color de arena brillante, dunas de arena interminables que llegan hasta el horizonte.

Estamos en un camino de un solo carril que lleva directo al norte de la ciudad. Nos topamos con pequeños desvíos cada cierto tiempo y ocasionalmente a personas solitarias con ropas llenas de polvo y llevando algo en la espalda.

Aparte de eso, solo eran dunas. Damasco ahora es visible.

Hace frío aquí gracias al aire acondicionado, al igual que afuera al parecer. Siento escalofríos en mis brazos debajo de mi camiseta blanca de lino de manga larga.

Todo dentro de la Humvee es negro o verde y marrón de camuflaje. Miro a las caras de los tres hombres que me escoltan a Damasco desde la base aérea Rayak en Líbano. Todos hacen lo mismo, escanean el desierto fuera de la Humvee en busca de cualquier situación que pueda impactar la misión.

Presto atención al conductor, el sargento Ellis Jordan. Sus rasgos simples y compactos son suaves y oscuros, interrumpidos solo por su enorme y fácil sonrisa y sus ojos brillantes. Él ha estado sonriendo desde que me recogió. En este punto, en un recorrido tan peligroso a Damasco, estoy casi seguro de que la sonrisa del sargento Ellis es algo permanente.

Miro abajo a mi mochila marrón simple y acaricio la tela áspera con nerviosismo entre dos de mis dedos. La mochila tiene unos papeles importantes y misteriosos; me ordenaron quemarlos si soy capturado para que no cayeran en manos enemigas.

Entrecierro mis ojos por la luz del sol a través de mis gafas de sol, estoy ansioso por llegar a Damasco. Soy parte de un equipo de operativos de la CIA que fueron traídos a la capital de Siria para una especie de misión secreta y clandestina. Estoy bastante nervioso y los hombres que me acompañan parecen sentirse igual.

Logro ver un atisbo de varios hombres vestidos con sucios thaub, sus cabezas y caras estaban cubiertas por sus kufiyya. En otro lugar, en otro momento, estos hombres serían bandidos o merodeadores; hoy, ellos son exactamente lo que no necesito.

El hecho de que tengamos una Humvee debe haberles dicho que tenemos apoyo extranjero; nadie en Siria conduce estas, excepto la realeza... y esos se transportan en flotas.

Quizás estos hombres están desesperados o son estúpidos, tendrías que serlo para pensar que robar un vehículo es una buena idea.

"Mierda", dice el sargento Ellis mientras mira el espejo retrovisor.

Volteo y veo a varios hombres emergiendo de las dunas detrás de nosotros. Luego regreso a mirar al frente y mis ojos se abren. Uno de esos hombres tiene un arma larga y pesada en su hombro.

"¡Mierda!" Respiro yo. Al próximo segundo, él dispara el arma y un cohete viene directo hacia nosotros.

Es inevitable. El cohete nos va a dar de frente. El tiempo se ralentiza.

Volteo hacia el conductor, pero el sargento Ellis había sido reemplazado. En mi sueño era Britta la que conducía, su cabello castaño brillante se movía mientras ella sonreía de forma maniaca. Ella me mira y frunce los labios como solía hacer cuando me bromeaba.

"¿Hey tú, qué hay?" dice ella.

"¡Cuidado!" grito yo, lanzándome hacia el lado del conductor, intentando desesperadamente sacar a la Humvee fuera del camino del cohete.

Ella sonríe y estira su mano para tocar mi cara. Cierro mis ojos al sentirla. Mis ojos se llenan de lágrimas. "Awww, Charlie. Todo estará bien. Lo sabes—"

Y luego el cohete llega.

Me despierto, estoy bañado en sudor y jadeando por aire. *¿Dónde estoy? ¿Dónde está Britta?*

Me toma un segundo recordar la muerte de Britta desde el fondo de mi cerebro. Pero cuando lo recuerdo es mucho peor. Mi boca se agua, siento esa extraña sensación que tienes justo antes de vomitar.

Me doy vuelta en la cama, lucho por aliviarme hasta que mi cabeza está fuera de la cama. Vomito todo lo que tengo en mi estómago, estoy haciendo arcadas una y otra vez hasta que vomito bilis y ácido estomacal. Mi garganta me arde como nunca cuando finalmente logro controlarme y me recuesto en el colchón.

Estoy respirando con fuerza y luchando con las terribles náuseas. No solo eso, pero lo que he sudado empapó mi camiseta y mis shorts e incluso mojó el colchón. Me quedo recostado en mi propia piscina de sudor, sabiendo que en cualquier segundo se pondrá más frío que el hielo.

Volteo mi cabeza hacia la pequeña cama de Sarah que está a solo unos cuantos metros. Ella sigue durmiendo como si nada hubiera sucedido, pero lo dudo. Si yo fuera callado durante mi pesadilla, esa sería la primera vez.

Mirar a Sarah dormir tan pacíficamente me ayuda a calmarme y cuando mi respiración se calma, mis náuseas desaparecen. Me levanto de la cama y agarro ropa limpia de una mochila sin desempacar, luego me dirijo hacia el baño.

Las baldosas en mis pies descalzos están horriblemente frías. Tiemblo mientras me desvisto y me cambio rápidamente a una camiseta negra y unos pantalones grises de pijama. Me tomo un segundo para cepillarme los dientes, luego salgo para ver el lugar donde vomité.

Hago una mueca, luego agarro una de las toallas del baño y cubro el vómito. No puedo enfrentarlo, no todavía.

Salgo de puntillas del dormitorio y bajo por las escaleras. Miro los muebles de la sala y sacudo mi cabeza. Necesito estar afuera y recibir algo de aire fresco.

Tan sigiloso como sé serlo, logro salir al pequeño porche trasero. Está muy fresco aquí, tal vez cuarenta grados. Tiemblo de nuevo, deseo mi sudadera, pero está dentro.

Demasiado lejos según mi estimado.

Es tranquilo y callado aquí, el porche es bastante pequeño. Ambos lados de la casa comparten el mismo porche trasero y el mismo patio enorme. Aprecio que estoy viendo un césped crecido y no una plaza.

Me siento en los asientos traseros y miro la luna en silencio. Me doy cuenta de que todos están durmiendo; no sé si he sentido tanta melancolía como ahora mismo.

Me fuerzo a recordar el final de mi sueño. Todavía puedo recordar su mano en mi mejilla. Si cierro mis ojos, todavía puedo sentirla en mi mandíbula.

Si tan solo pudiera tocar a Britta una vez más.

Mis ojos arden. Inclino mi cabeza e intento respirar. No te dicen esto sobre el duelo, no te dicen que viene en olas. Al igual que las olas en el océano, algunas veces te toca un gran oleaje y te preguntas si vas a sobrevivirlo.

Me siento y me quedo quieto por un minuto. Mis lágrimas no caen, pero están ahí, brillando. Las logro aguantar.

Hago esto por Sarah, me recuerdo a mí mismo. Solo hay algo peor que perder a tu madre siendo niña... y eso es perder a ambos padres.

Sin Sarah, creo que yo hubiera enfrentado a las olas y hubiera dejado que me ahogaran por completo. En vez de eso, me encuentro en un camino cuesta arriba porque me rehúso a dejarla sola.

Además, Britta odiaría si me rindo ante la depresión.

Pero también, Britta ya no puede decir nada, ¿cierto? Ella me dejó aquí solo para cuidar a nuestra niña, pienso con amargura.

Cierro mis ojos y me concentro en mi respiración, al igual que mi terapista de PTSD me enseñó a hacer hace dos años y medio. A pesar de lo tonto que suena, respirar por mi nariz y soltar por la boca me ha salvado muchas veces.

La luz del porche se enciende y me sorprende. Un segundo después escucho la puerta trasera abriéndose.

"¿Todo está bien?" pregunta Larkin, su voz llena de duda.

Me volteo y la encuentro mirándome, está usando unos pantalones de yoga y una sudadera amarilla. Asentí.

"Sí. Todo está bien", digo. No es la verdad exacta, pero está bastante cerca.

Ella apaga la luz, sorprendiéndome al cerrar la puerta y salir al porche. Larkin se acerca y se sienta.

La miro, pero ella está mirando las estrellas.

Larkin es muy linda ahora. Su largo cabello está suelto, cubriendo sus hombros como un manto rubio. La luz de la luna toca su cara, cae en su nariz respingada y alumbra las pecas que tiene en cada mejilla. Sus ojos son luminosos y grandes, sus pestañas espesas y marrones. Sus cejas se arquean justo un poco mientras ella mira al cielo. Recorro la curva de sus labios con mis ojos, el arco de Cupido más hermoso que haya creado Dios.

Después de un segundo ella nota mi mirada y me mira, sus dientes atrapan su labio inferior.

"¿Quieres estar solo?" pregunta ella. Luego se sonroja un poco. "Aquí afuera, ahora mismo."

Puedo ver que está tensa. Levanto un hombro, ambivalente. Estaba ocupado en mi melancolía, pero ella me había distraído de eso. "Está bien."

Ella me mira y luego desvía la mirada de nuevo. El silencio se estira entre nosotros y es casi palpable.

Parte de mí quiere saber lo que hay dentro de la cabeza de Larkin, pero el resto de mí olvida eso. No debería alentar nada que pueda suceder entre nosotros, ni siquiera amistad. Hice eso con un par de madres de mi grupo de duelo, respondí sus preguntas y escuché sus historias.

Solo para terminar siendo llamado alguien "lleno de

angustia y amargura" cuando no respondí sus afectos inevitables.

¿Y cómo es la realidad? No se equivocan. Para nada.

Larkin se levanta y va dentro por un minuto, pero deja la puerta abierta. Yo miro la puerta y veo un gato siamés oliendo; cuando Larkin regresa, ella abre la puerta brevemente y puedo ver que el gato tiene un solo ojo azul y brillante.

Larkin me entrega un pedazo de tela, resulta ser una manta. Yo digo gracias y la pongo con gracia sobre mis hombros. Es muy cálida e increíblemente suave al tacto; pienso de inmediato que a Sarah le gustaría.

Larkin vuelve a sentarse mientras yo miro la ventana sobre nosotros. Estoy totalmente seguro de que si Sarah hace algún sonido, yo lo escucharía. Después de todo, estamos en el campo. Además del sonido de los grillos de vez en cuando, el mundo está en silencio.

"Lamento lo de antes", dijo Larkin con suavidad. "No es mi problema."

Yo la miro y sacudo mi cabeza.

"Yo exageré. No es un secreto, ni nada por el estilo." Yo miro abajo a mis manos, las tengo enlazadas en mi regazo. "La mamá de Sarah, mi esposa Britta, ella falleció justo después de que naciera Sarah. Fue un accidente de auto."

Yo puedo sentir el horror viniendo de Larkin en olas.

"Oh", dice ella, su voz tan baja que apenas puedo escucharla. "Oh, Charlie. Lo siento tanto."

Mis tripas se revuelven cuando ella se estira para colocar sus delgados dedos sobre mi muñeca. El contacto es mágico; juro que siento una chispa entre nosotros, que la energía fluye al igual que sucedía con Britta.

Britta. ¿Qué demonios? Soy un maldito desastre. De alguna forma estoy atrayendo a una mujer a mí mientras estoy de luto por otra.

De repente estoy miserable de nuevo, tan miserable como nunca. Definitivamente no quiero que Larkin vea lo afectado que estoy. No quiero tener que explicar cada de lo que siento, a nadie.

"Sí, bueno. Tengo que ir a dormir", dije, levantándome abruptamente y sacando la manta de mis hombros.

Yo evito la mirada de Larkin mientras le doy la manta. Tengo que forzarme a no correr mientras me dirijo adentro. Siento las lágrimas casi por caer mientras cierro la puerta.

Sigo avanzando antes de permitir que las lágrimas me dominen, solo por un minuto.

6

LARKIN

Estoy caminando a casa después de un turno completo en la biblioteca unos días después, disfrutando de que mi vestido amarillo limón tiene bolsillos. Camino por el césped, sintiéndome casi un poco mareada por lo bonito del verano.

Es el final de la tarde, el sol está tan cálido que me quité mi cárdigan y lo metí en mi cartera repleta. Incluso la brisa fresca no puede dañar lo maravilloso que es el día afuera.

Además de todo, algunos voluntarios han estado instalando el área del escenario y algunas mesas para el Midsummer Fete. El Midsummer Fete es una tradición importante del pueblo que se remonta a la década de los 70 y esta tarde es el día perfecto para el evento.

"¡Larkin!" una señora mayor de aspecto severo en un chándal blanco y una visera a juego me grita. "Ven aquí."

La señora Peet es una de las buenas amigas de mi madre y algunas veces pienso que siempre tendré doce años para ella. Mis pies quieren continuar y pretender que no escuché a la señora Peet. Pero no lo hago.

En vez de eso, me volteo con una sonrisa brillante, la

sonrisa que pongo en reuniones de la junta escolar y en la sala de espera del dentista.

"Hey, señora Peet", digo, tapo mis ojos mientras camino hacia ella.

"Escuché que tienes a alguien viviendo en el otro lado de tu casa", dice ella, sin perder tiempo y yendo directo al grano. "Y muy guapo. ¿Cuál es su asunto?"

Yo pretendo sorpresa. "¿Oh, el Sr. Lawson? Honestamente no sé mucho sobre él."

La Sra. Peet me analiza. "Hmmm. ¿Por qué no hemos escuchado nada?"

Mi sonrisa se amplía, lo opuesto a como me siento por dentro.

"No lo sé, señora", digo.

"¿No le has pedido que venga hoy al Midsummer Fete?"

Mi corazón late más rápido. La señora Peet no es la primera que me lo pregunta en el pueblo. Ni siquiera es la cuarta.

"No lo he hecho", respondo lentamente. "No estoy segura si está por aquí."

"Decepcionante." Ella arruga su nariz. "Hasta luego, cariño."

Cuando ella me da la espalda, yo hago una cara. "No puedo esperar."

Yo me volteo y avanzo hacia mi casa pensando en Charlie. La mirada en su cara la otra noche cuando se quitó la manta y me la dio antes de regresar adentro...

Era furia, mezclado con una tristeza profunda. Eso hizo que mi corazón se sintiera mal, más que otra cosa. Creo que me di cuenta en ese momento que Charlie sigue sanando y entra en pánico cuando lado tierno es descubierto.

Lo único que parece seguir atándolo a las personas y a la sociedad parece ser Sarah; sin ella, imagino que él sería un ermitaño loco viviendo en un bosque en algún lado.

Charlie necesita integrarse de nuevo por completo a la sociedad, pero necesita ser lento y firme. Hoy es el momento perfecto para presentarlo a sus vecinos, con el Midsummer Fete sucediendo en la espaciosa plaza del pueblo. Habrá una banda local tocando y mucha comida proporcionada por las personas del pueblo al estilo potluck.

Todos estarán mezclándose y hablando. Estaré ahí para presentarlo a las personas y él podrá escapar con facilidad si necesita hacerlo.

Yo camino hacia la enorme casa gris de mamá y entro en las sombras del porche del frente del lado de Charlie. Toco unas veces y finalmente lo escucho dentro avanzando hacia la puerta.

La puerta se abre y Charlie se asoma, él era alto y parecía... bueno, desvelado. Hay círculos oscuros en sus ojos, su aspecto desaliñado empeoró, está despeinado y su cabello es un desastre. Además, huele a whisky.

Sarah no está a la vista.

"¿Sí?" preguntó él, entrecerrando sus ojos por la luz del sol que entraba por la puerta.

"¿Dónde está Sarah?" pregunto con energía.

Él parece ofendido. "Está mirando caricaturas con los audífonos. ¿Por qué?"

Yo intento parecer lo más alta posible, porque ya puedo sentir la resistencia saliendo de él. Yo aprieto mi mandíbula.

"Hay una gran fiesta en la plaza del pueblo en unos veinte minutos y creo que deberían ir", dije con toda la firmeza que pude.

"Sí, no", dice él y comienza a cerrarme la puerta.

Pero yo soy más rápido que él y logro colocar mi pie en la puerta antes de que pueda cerrarla. Le dedico una sonrisa feroz.

"¿Cuándo fue la última vez que Sarah ha estado afuera?" pregunto yo.

Los ojos de Charlie van a Sarah, aunque yo no puedo verla. Él respira hondo y comienza a calcular.

"No lo sé", admite él, encogiéndose de hombros. "Un par de días. He estado... ocupado."

"Por favor, no te lo tomes a mal, pero esa no es una forma de vivir de un niño. Al menos deja que vaya conmigo. Está hermoso aquí afuera y habrá comida para comer y niños con los que puede jugar."

Él arruga un lado de su cara mientras lo piensa.

"Sí, está bien. Yo iré también para vigilarla", dice él. "Pero solo por unos minutos."

"¿Quieres que la vigile mientras te bañas?" pregunté yo, fingiendo inocencia. Puede que su cabello facial no ahuyente a alguien, pero su olor definitivamente lo hará.

Charlie pareció un poco ofendido, pero abrió más la puerta y retrocedió. "Está bien. Entra."

"¿Está bien si la cuido en mi lado de la casa? Tengo que alimentar y pasear a los animales antes de irnos", dije mientras entraba. "Eso le encantará, créeme."

Él entrecerró sus ojos y su mandíbula apretaba decía que estaba muy cerca de sobrepasarme. "Está bien. Voy a bañarme."

Encuentro a Sarah, ella está vestida adorable en un vestido azul y unos leggins azules con puntitos. Ella está súper emocionada por ayudarme a alimentar y pasear a todos mis amigos de cuatro patas. Ella es la niña más feliz del mundo cuando está acariciando a Zack y a Morris mientras están comiendo.

Para cuando él toca mi puerta, yo puedo escuchar a la banda tocando desde la plaza. Recojo a Sarah y la cargo al responder. Qué mal que no estoy preparada para Charlie, el cual me espera con un brazo en el marco de la puerta.

Yo trago. Él esta todo de negro, desde sus jeans a su sudadera negra. Sus brazos están bien definidos por la forma en que su sudadera lo aprieta en los lugares adecuados.

Si esta fuera otra vida, yo me lanzaría sobre él, porque lucía demasiado apetecible.

"Traje una sudadera para Sarah", dijo él, sacándome de mis pensamientos. Él hace un ademán para que se la pase.

"¿Qué? Oh… esa es una buena idea", digo, sonrojándome.

Yo se la entrego a su padre. Estoy un poco aturdida. Digo, sabía que Charlie era apuesto, pero… en serio me confundió por un minuto.

"Uhhh… déjame buscar mis tartas antes de irnos", murmuro yo. Necesito una excusa para salir de aquí, pero también tengo tres tartas de Marionberry listas para el potluck.

Corro a la cocina, casi me tropiezo con Muffin porque estoy hablándome a mí misma todo el tiempo.

Necesitas calmarte, me digo misma. *Acabas de sacar a Charlie de la casa por un rato, no necesitas arruinarlo todo al estar tan… excitada. Además, sabes que él es una mala idea.*

Tengo razón. Si él no estuviera dañado por la muerte de su ex, quizás podría excitarme por él. Pero él está demasiado afectado, está atormentado por muchos fantasmas a su alrededor.

Eso no significa que no puedo mirar… siempre y cuando no me atrape mirándolo con deseo. Está bien admirarlo de lejos.

Apilo las tartas en sus platos de vidrio, sintiendo el frío del vidrio en mis palmas. Las tartas huelen mucho, los Marionberry oscuras son un tipo de zarzamora en el noroeste del pacífico. Las llevo al frente de la casa y agarro mis llaves al salir.

Charlie está en el porche con Sarah, ella le está contando sobre como alimentó a los perros.

"Yo acaricio", dice ella emocionada. "Ellos comen."

Charlie me mira y luego las tartas que sostengo. "¿Para el potluck?"

Yo sonrío. "Sip. Las hice anoche."

"Ah", dijo él, saliendo del porche. "Me pareció oler algo bueno anoche, pero no presté atención."

Yo me sonrojo, aunque en realidad no me está alagando. Comenzamos a caminar a través de la plaza hacia el escenario. Sobre el escenario, dos voluntarios levantan una pancarta colorida que dice, "Midsummer Fete".

Ya hay varias personas llegando de dos y tres, colocando sus platos en las mesas que están colocadas frente al escenario. En su mayoría son parejas con sus hijos y pequeños grupos de adolescentes. Los adolescentes se irán pronto y tendrán su fiesta en otro lado, pero la atracción de la comida gratis es demasiada como para evitarla.

"¡Ave!" dice Sarah de repente, moviéndose emocionada. "¡Ave grande!"

"¿Te gusta Plaza Sésamo?" le pregunto.

Ella piensa por un minuto, su mirada de concentración es adorable. "¡Sí!" declara ella.

"Lo ve todas las mañanas", dice Charlie. "¿Cierto?"

"¡Sí!" dice ella confirmándolo.

Yo siento los ojos curiosos de muchas personas mientras nos acercamos a las mesas de comida. Pongo las tartas y las descubro. Antes de terminar. Las mujeres mayores ya están sobre Charlie.

"Hola", dice Martha Stocksbury, su labial rosado fosforescente del mismo color que su ropa. "¿Quién eres tú?"

Ella le hace cosquillas a Sarah y ella esconde su cabeza rápido en el hombro de Charlie. Veo una lucha en la cara de Charlie, su necesidad de escapar luchando con su deseo de que Sarah conozca más personas.

"¡Hola, Martha!" dije, colocándome entre Charlie y ella. "Él es Charlie, tiene las manos ocupadas. Esta pequeña monita es su hija Sarah."

Antes de que Charlie pudiera decir algo, un montón de señoras están saludando y haciendo preguntas. Yo sonrío y respondo todas las preguntas lo mejor que puedo, sintiéndome como una arquera en un partido a muerte.

Eventualmente Sarah ve varios niños de su edad jugando y jala la sudadera de Charlie. "¡Papi, quiero!"

Charlie los mira inseguro, pero yo estoy segura de que este es el tipo de socialización que Sarah necesita.

"¿Nos disculpa?" le pido a la Sra. Bond, quien es tan vieja como lo es amable. "Sarah quiere jugar."

"¡Por supuesto, cariño!" dice la Sra. Bond, inclinándose en su andadera.

Yo agarro a Charlie por el codo, le guiño el ojo mientras lo guío gentilmente a donde están parados los padres en una especie de círculo. Charlie se arrodilla y Sarah sale de sus brazos, corriendo hacia un niño pequeño que está en cuatro en el césped.

"¿Jugar?" pregunta ella con curiosidad.

"¡Caballo!" dice él, haciendo una especie de sonido.

Sarah se agacha e imita lo que él está haciendo y los dos pretenden que están comiendo césped.

"¿Huh?" le digo a Charle, golpeándolo en las costillas.

Él hace un sonido a medias, está observando a Sarah como un halcón. Se me ocurre que esta es la primera vez que escoge a un nuevo amigo por encima de él. Yo me aguanto una sonrisa.

Me quedo parado con Charlie por un rato, estamos mirando a Sarah jugar con cuatro niños diferentes. Mientras el sol comienza a ocultarse, Sarah se cansa y va directo a su padre para descansar. Yo sugiero que nos sentemos en una de las bancas y disfrutemos del resto de la tarde.

Charlie lidera el camino hacia la banca más alejada de la banda. Yo sonrío; no me parece extraño que a él no le guste la banda.

Así que nos sentamos, casi en silencio, mirando a las personas del pueblo mientras las luces de la calle se encienden. He hablado suficiente por hoy y ya estoy cansada de hablar. Sarah se queda dormida apoyándose en mi brazo. Yo estiro mi mano, primero insegura, pero luego acaricio su cabello.

Es más suave de lo que pienso que debería ser el cabello. Me hace sonreír. Charlie no dice nada, así que me relajo y acaricio su cabello.

Entonces, mientras estamos sentados ahí, los fuegos artificiales comienzan y un brillo dorado aparece con un ruidoso *bang*. Charlie se pone de pie y yo lo miro. Todo el color desapareció de su cara.

"Tenemos que irnos", dice él apretando los dientes y agarrando a Sarah.

"Qué..." comienzo yo a decir, pero él ya la está llevando a su casa. Yo me apuro detrás de él y veo que todo su cuerpo tiembla cuando explota otro fuego artificial detrás de nosotros.

Oh... pienso yo. *Le afecta de alguna manera los fuegos artificiales.*

Sarah se despierta y puedo escucharla comenzando a llorar. Charlie comienza a correr y yo también. Él corre hasta su puerta, entra y se pone de rodillas. Yo lo sigo y cierro la puerta.

"¡Papi!" Sarah chilla, luchando por liberarse.

Él se pone en cuatro y atrapa a Sarah con su propio cuerpo. No sé qué hacer, así que me arrodillo a su lado y pongo una mano en su amplia espalda. Su sudadera está empapada y todo su cuerpo está temblando.

Sarah continúa luchando y su carácter de dos años está empeorando.

"¿Me dejas cuidarla?" murmuró yo en voz baja.

Después de una larga pausa, él levanta su parte superior ligeramente y permite que Sarah se libere. Ella solo se acuesta en el piso y llora por un minuto o dos. Charlie está temblando y sudando, experimentando algo él mismo y acurrucado.

"Todo está bien", les digo a ambos, tocándolos gentilmente a cada uno. "Todo está bien. Nada está mal."

Los fuegos artificiales terminan tan rápido como comenzaron y el llanto de Sarah comienza a terminar. Sarah tiene tanto sueño que parece natural levantarla y llevarla al sofá y colocar una manta sobre ella.

Cuando regreso a Charlie, él parece haberse recuperado un poco, está echado de espaldas. Él está mirando la pared, como si pudiera hacerle un hoyo con la mirada.

"¿Te sientes mejor?" pregunto yo, mordiendo mi labio mientras lo miro.

Él voltea su cabeza parar mirarme y yo veo al instante por qué exactamente no quiere que yo o alguien más vea. Su expresión está quebrada y angustiada y las lágrimas brillan en sus ojos.

Yo quiero consolarlo con desesperación, pero no estoy segura cómo o si él me lo permitiría.

Él solo asiente, volteando su cabeza para mirar a la pared. Cuando él habla, su voz suena quebrada. "Gracias. Puedes irte."

Yo miro a Sarah, ella está dormida y luego miro a Charlie. Mi corazón duele al verlo, pero de nuevo, no hay nada que pueda hacer o decir que lo haga sentirse mejor.

"Estoy al lado", digo, moviéndome hacia la puerta. "Para cualquier momento que me necesites, día o noche."

Él solo asiente y exhala un aliento tembloroso. Yo salgo por la puerta del frente, insegura de que me haya escuchado.

Pero una cosa es segura: cuando veo a Charlie, veo a un animal exótico herido, el león con una espina en su pata. Siendo yo, quiero ayudarlo.

El problema es que también encuentro a este hombre profundamente herido extremadamente atractivo. Hay algo en saber que hay un pozo profundo de agua oscura y peligrosa escondido en su interior. Cuando estoy cerca de él, siento...

Bueno, no estoy completamente segura. Pero estoy preocupada porque estoy muy cerca a esa agua oscura y azul.

7

CHARLIE

*E*stoy en mi auto con Sarah, estoy hablando por Bluetooth mientras conduzco hacia la casa de papá. Rosa y papá han estado rogándome que lleve a Sarah por el día solo para pasar el rato.

Hoy voy a intentarlo solo por un rato.

"No, no es..." yo logro decir, antes de que la madre de Britta, Helen, me interrumpa.

"Si ibas a mudarte a la costa, ¿por qué te fuiste a Pacific Pines?" pregunta Helen, su voz poniéndose más nasal que de costumbre. "Tenemos un montón de propiedades en Seaside que te podríamos haber rentado. ¡Estarías lo suficientemente cerca para poder visitarlos! Conozco a las personas en las juntas escolares de aquí, para cuando Sarah lo necesite..."

Yo aprieto mis dientes. La idea de estar lo suficientemente cerca para que Helen nos *visite* es honestamente aterradora. Ella es la reina AVISPA, solo que su hábitat natural es la costa de Oregón. Nunca nos llevamos bien antes de que Britta falleciera y ahora Helen siente que tiene más acceso a su nieta del que yo siento que quiero darle.

"Te lo dije", le expliqué lentamente por décima vez. "Me mudé a Pacific Pines para estar cerca de mi familia."

Finge que soy tuyo

"¡Nosotros somos tu familia!" exclamó Helen. "Te lo digo, cariño, no lo comprendo. Si esto es por el dinero..."

"Como te he dicho antes, Sarah y yo estamos perfectamente bien. Escucha Helen, tengo que irme", dije mientras estacionaba en la casa de papá.

"Pero todavía no hemos hablado..." comienza Helen.

"Adiós, Helen", gruño yo, luego aprieto el botón para colgar la llamada en el volante.

"¡Chao!" canta Sarah en el asiento trasero. "¡Chao, chao, chao!"

Yo dejo a Sarah con papá y Rose con muchas dudas, aunque yo sé que solo estaré a veinte minutos de distancia. *¿Qué es lo peor que puede pasar?* es un juego para las personas que no han pasado por lo que Sarah y yo hemos pasado.

Después de que dejo a Rosa riéndose en los brazos de Rosa, yo regreso a casa. No estoy seguro qué debo hacer. He hecho todo mi trabajo para los próximos días y sin Sarah aquí para distraerme...

He pasado mucho tiempo contemplando mi propia existencia y las grandes preguntas de la vida. Sin Sarah, eso es todo lo que me queda.

Hoy no, me prometo a mí mismo.

Yendo a la cocina, yo abro el refrigerador y agarro una de las cervezas que me obligué a comprar en la tienda. No es whisky, pero la Hefeweizen es lo suficientemente decente.

A través de la ventana de la cocina veo a Larkin en el porche trasero, está atándose el cabello. Tomo un trago de cerveza y realizo un vistazo automático de su cuerpo; está usando un suéter gris sobre unos pantalones de pijama que cubren perfectamente su trasero.

Si yo fuera alguien más, encontraría a Larkin Lake muy sexy. Por un momento me imagino un mundo en el que no tengo ataduras y no tengo nada que me ate. El hombre que fui cuando comenzaba mis veinte le hubiera echado un vistazo y hubiera *sabido* que terminaríamos calientes, sudados y en horizontal.

¿Pero ahora? Honestamente, no puedo verme saliendo con alguien por el resto de mi vida. De hecho, mi futuro es una especie de masa oscura y vaga. Vivo un día a la vez por necesidad.

Mientras miro, Larkin sale del porche. Ella camina en el césped que le llega al tobillo y mira todos los pedazos de metal oxidándose que solían ser lavadoras, cortadoras de césped y dios sabe qué otra cosa más.

Comenzando con una máquina antigua que probablemente solía ser un lavaplatos, Larkin agarra un lado y comienza a luchar para sacarlo del césped. Ella hace una mueca al sentir el tamaño y el peso de la máquina. Es inmediatamente claro que encuentra difícil moverlo.

Yo bajo mi cerveza. Mis padres podrán no haberme criado bien, pero no hay forma de que vaya a dejarla sola haciendo lo que sea que esté haciendo.

Yo salgo, alegre de estar usando unos jeans viejos con una camiseta y mi sudadera. Larkin levanta la vista cuando salgo bajo la brillante luz del sol. Ella entrecierra sus ojos, arrastrando una esquina del lavaplatos.

"Hey", digo, dirigiéndome hacienda el césped y deteniéndola. "Ven, déjame agarrar una esquina."

"Oh, no tienes que hacerlo", dice ella, arrugando sus cejas. No puedo evitar notar que su suéter gris hace resaltar sus ojos color tofi.

"¿Qué, voy a mirarte intentar levantar esto por tu cuenta?" digo y le hago una mueca. "Detesto ser el que te lo diga, pero eres demasiado pequeña para mover la mayoría de estas cosas por tu cuenta."

Ella pone sus ojos en blanco, colocando un mechón de su cabello rubio detrás de su oreja que había escapado de su cola de caballo. "No lo soy."

Yo le dedico mi mirada más escéptica y ella se ríe. Me gusta la forma en que se ríe; suena a que viene desde lo profundo de su figura de metro y medio, una versión pequeña de una risa de un hombre grande.

"Está bien", dice ella. "¿Qué tal si tú me haces este favor y yo te cocino el almuerzo por tus esfuerzos?"

"Trato hecho", acepto yo. "¿Lista?"

Juntos movemos algunas piezas de chatarra al patio lateral, el cual está bien mantenido.

"Las otras partes del patio parece que han sido mantenidas regularmente. ¿Cómo se puso el patio trasero de esta forma?" pregunto yo mientras trabajamos.

"Ah. Uhhh... aquí es donde mi madre tenía sus proyectos", dice ella, mirando detrás de ella para caminar hacia atrás un poco mientras movemos una lavadora. "Ella no podía decidirse a botar algo que todavía tuviera un uso. Ella no era una acumuladora, pero... no compraba nada solo por diversión. Especialmente si podía repararlo."

"Siento un poco de desaprobación en tu tono", digo.

Sus cejas se arrugaron por un segundo. "Supongo que ella era una persona muy frustrante."

Seguimos moviéndonos mientras hablamos. Entre el sol del fin de la mañana y el esfuerzo de mover toda la chatarra, me da tanto calor como para desear no estar usando mi sudadera.

"Así que... supongo que como tu mamá ya no está por aquí, ella..."

Yo sentí sus ojos en mí por un largo minuto antes de que ella respondiera.

"Sí. Ella falleció hace cuatro años."

Yo pauso. Su tono no es exactamente triste. Es solo... carente de emoción. Obviamente hay algo que saber sobre su madre, pero yo no me entrometo.

"¿Quieres algo de beber?" pregunta ella, limpiándose su ceja. "Tengo que admitirlo, ya estoy sudando."

"Sí, yo también. Podría tomar algo", digo.

Ella me dedica una sonrisa. "Vamos. Hice algo de limonada ayer."

Yo la sigo al porche trasero y luego al interior de su casa. Mientras ella abre la puerta, de repente soy consciente de que soy mucho más grande que ella. Podría romperla fácilmente si quisiera.

Pero Larkin no lo sabe. Ella está ocupada sirviendo limonada en dos vasos. Ella me pasa una y nuestros dedos se tocan cuando acepto mi vaso. Yo tomo un trago rápidamente.

La limonada es muy dulce, pero amarga al mismo tiempo. Hace que mi boca se agüe con cada trago que tomo. La miro mientras ella toma un largo trago y noto como funciona su garganta.

Ella hace un pequeño *haaa* cuando termina, su perfecta lengua rosada sale para atrapar una gota de limonada que está cayendo por su labio inferior.

Por alguna razón, eso me pone muy ansioso. Necesito decir algo para que mi mente vaya a otro lado.

"¿Siempre has vivido aquí?" pregunto yo mientras desvío la mirada. Es más fácil mirar los feos gabinetes de la cocina que examinar el pequeño incidente de lujuria que estoy teniendo.

Larkin sacude su cabeza. "No. Yo crecí aquí, pero me fui por la universidad. No podía esperar para salir de Dodge."

Yo levanto mis cejas. "¿En serio?"

"Sí, en serio", dice ella, moviendo la limonada en su vaso. "Mi madre era la superintendente de todas las escuelas de este condado. Ella... bueno, ella no era la persona más fácil con la cual vivir."

Ahora estoy curioso. "¿Qué, corregía tu gramática muy seguido?" bromeo yo.

Larkin sacude su cabeza lentamente y baja la mirada. "No. Bueno, sí lo hacía, pero... mi madre era... era difícil complacerla. Ella me mostraba a otras personas como un ejemplo de lo que debería ser una estudiante ideal. Pero ella también me corregía en privado, intentaba que viviera según sus expectativas." Ella mordió su labio. "Cuando fallaba, es decir, casi siempre, había... repercusiones. Algunas muy severas. Como ella siempre me mostraba en las caras de los maestros y otros padres, yo nunca tuve amigos."

Wow. No me esperaba eso. Yo miro a Larkin, obviamente sigue un poco afectada por eso. Había una pequeña arruga en su ceja que yo aliviaría si tuviera el poder.

"¿Qué hay de tu padre?" pregunto yo.

Ella me mira, esos ojos castaños se clavaron en mí. El fantasma de una sonrisa apareció en sus labios.

"¿Qué padre? Mi madre tuvo muchos amantes, muchos de ellos hombres casados de Pacific Pines, pero ella nunca los mantuvo mucho tiempo."

"Ah. Ya veo por qué estabas lista para irte de este pueblo", digo, tomando lo último de la limonada. "¿Cuándo regresaste?"

Ella sonríe. "Solo he regresado hace seis meses. No planeo quedarme aquí para siempre; no hubiera regresado si mi madre no me hubiera dejado este casa."

"Lamento que tu madre haya fallecido", dije.

Ella se encogió de hombros. "Está bien. Ella vivió una buena vida. Demonios, todo el pueblo la llamaba Ruth la Grande y había una razón por eso."

"¿Lista para regresar ahí afuera?" pregunto yo, asintiendo al patio.

"Sip", dice ella. Ella lidera el camino hacia la puerta y hacia el césped demasiado largo. Ella mira alrededor y señala lo que parece ser una pieza de un auto. "¿Qué tal esta?"

"Okay, yo caminaré atrás esta vez", dije, asintiendo. Agarro una esquina, ignorando todo el óxido que hay donde toco. "Uno, dos, tres..."

Movemos un par de piezas más antes de que Larkin decida conversar una vez más.

"¿De dónde se mudaron ustedes?" pregunta ella, luego frunce el ceño cuando coloca el borde de una vieja TV en su pie. "¡Oh!"

"Cuidado", digo. "Me mudé aquí desde Portland. Creo que ya lo dije, pero quería estar más cerca de ambos abuelos de Sarah. Además, necesitaba... supongo que necesitaba un lugar que no me recordara lo que perdí cada vez que girara en una esquina. Era aquí o mudarme a la costa este para estar más cerca de mi trabajo. Este parece el lugar adecuado por ahora."

Esperé que se pusiera en modo salvadora, que me intentara consolar o algo así, pero no lo hizo. En vez de eso, ella solo dice, "Bueno, me alegra que se mudaran aquí."

No sé qué decir, así que solo le dedico media sonrisa.

Ella mira alrededor del patio y avanza a lo más profundo. "Está bien, sacamos la mayoría de las cosas grandes... ahora el problema..."

Ella tropieza con algo que es invisible para mí, lo suficientemente fuerte como para caer de trasero. La mirada de dolor en su cara más el sonido que hace son suficientes para que suelte la mesa de patio cubierta de óxido que estoy cargando. Corro a su lado.

"Wow, wow", digo cuando intenta levantarse y falla. "¿No puedes caminar?"

"No..." Ella levanta su pie para examinarlo y está sangrando de un largo corte en el arco. "Mierda. Felizmente ya me vacuné contra el tétano."

"Okay", dije, tocando con cuidado. "Déjame ayudarte para entrar a la casa. Tenemos que limpiar ese corte. Mientras más pronto, mejor."

"No tienes que..." comenzó ella, pero yo la corté al inclinarme y levantarla en mis brazos.

Juro que por unos segundos ambos nos quedamos un poco aturdidos por la sensación de su cuerpo contra el mío. Ella estira su brazo y desliza sus brazos alrededor de mi cuello... y luego me mira directo a los ojos.

Sus ojos castaños encuentran los míos y hay una pequeña conexión, una chispa, la sensación de la electricidad saltando de ella hacia mí. Yo aprieto mi agarre en ella por solo un segundo.

Esto, ella y yo... solo por este momento, se siente natural. Se siente inevitable. Demasiado bien.

Larkin me mira, se sonroja y saca su lengua inconscientemente para mojar su labio inferior. El gesto es muy sensual y aunque la sensualidad no fuera adrede, yo quedo impactado.

No solo eso, estoy comenzando a ponerme *duro*. Gracias a dios que ella escogió ese momento para hablar.

"Cuidado al caminar", dice ella, jadeando un poco y rompiendo el contacto visual. "No queremos quedar heridos los dos."

Yo frunzo el ceño. Sé que ella está hablando de lo que puede haber en el césped, pero por un segundo no lo parece. Es casi como si estuviera hablando del momento que acababa de pasar entre nosotros.

"Cierto", digo, regresando mi atención al piso debajo de mis pies. "No quisiéramos eso."

Yo la llevo adentro y la acomodo en el sofá. Le alcanzo su kit de primeros auxilios. Me aseguro de que tenga todo lo que necesita.

Luego me escapo de su casa, fuera de su vista, fuera del alcance de su influencia. Me voy a correr, establezco un ritmo castigador, flagelándome a cada paso.

8

LARKIN

Malditos zócalos antiguos, pienso yo. Estoy de rodillas en la puerta del frente, martillo en mano y usando las puntas de la herramienta para intentar quitar los antiguos zócalos de la pared. Jalo al borde y logro separar unos cuantos centímetros entre el zócalo y la pared.

Los perros intentan ser útiles, mueven sus colas y se paran demasiado cerca. Yo me mantengo espantándolos cada varios minutos, ya que no estoy totalmente segura sobre mi uso del martillo.

Reemplazar estos zócalos es lo próximo en mi lista interminable de cosas por hacer antes de poner la casa a la venta. Años y años de muebles mal movidos han dejado los zócalos golpeados y averiados, especialmente en la entrada.

Uso mi espalda para tirar y separarlo de la pared y soy recompensada por un pedazo largo, rompiendo la pared. Por supuesto, todo porque fui demasiado entusiasta al tirar. Cuando se libera, vuelo hacia atrás y caigo en mi trasero.

"Uffff", digo, frunciendo el ceño. "Esto es muy *difícil.*"

Morris se acerca y me lame la cara. Zack se mueve de adelante hacia atrás ansioso, sus uñas tocan y tocan el suelo.

"Sí, está bien", digo, empujándolo después de un segundo. "Eres muy lindo, pero no eres útil."

Mientras me levanto y me sacudo el trasero, se escucha que tocan la puerta. Todos los perros comienzan a ladrar, incluso Sadie. Su ladrido suena un poco gracioso, como si alguien le hubiera metido una media en su garganta y ella estuviera intentando compensar eso.

Voy hacia la puerta abierta y encuentro a Charlie parado al otro lado sosteniendo una caja grande y llena de polvo. Él luce gruñón y alto y apuesto, algo regular con él, creo.

No he visto a Charlie desde que me ayudó dentro hace algunos días. Honestamente no esperaba verlo tan pronto, especialmente no sin que yo apareciera en su puerta para verlo a él y a Sarah.

Cada vez que sucede algo vagamente parecido a un coqueteo entre nosotros, yo asumo que él va a enterrar su cabeza en la arena por un tiempo. Ni siquiera puedo enojarme por eso, es parte de la personalidad de Charlie.

"Hola", dije, tapando mis ojos de la luz del sol. Yo asiento a la caja. "¿Qué tienes ahí?"

"Lo encontré en el closet de arriba", dice Charlie. "Parece tener cosas personales."

"Métalo", digo, abriendo la puerta y estirando una mano. "Vamos a ver qué tiene."

Él la carga y camina en mi sala. Coloca la caja en una mesita de café y se inclina para acariciar a los perros, los cuales se empujan entre ellos para obtener su atención.

Lo veo mirándome, como si estuviera revisando inventario. Por un momento deseo estar vestida en algo más que mis pantalones Juicy y una camiseta enorme, pero luego se me pasa.

Me estiro para remover la tapa de la caja con cuidado para no esparcir la capa de polvo por todos lados. Cuando la quito, veo varias cosas que me hacen cubrir mi boca con mi mano.

Hay una pila de lo que parecen ser fotografías de la infancia, unos cuantos trofeos y una delicada caja de música de madera. Me estiro y tomo la primera fotografía de encima, la sostengo como si fuera un pedazo de vidrio frágil.

Miro la fotografía y entrecierro los ojos porque está un poco gastada. La fotografía claramente fue tomada en la década de los 80. Estoy en la fotografía, tengo probablemente la edad de Sarah y estoy vestida como un hojaldre rosa en un vestido de tela rosado.

También hay un hombre mayor y una mujer, ambos tienen expresiones estoicas. La mujer me sostiene en su regazo, aunque obviamente estoy comenzando a retorcerme.

"Creo que ellos son los padres de mamá", digo mirando a Charlie. Volteo la fotografía y me doy cuenta de que está firmada como *Madre, papá y Larkin – Primavera de 1989*.

"¿Puedo ver?" pregunta él.

"Claro", digo y le paso la fotografía.

Regreso mi atención a la caja musical y levanto su tapa con dos dedos. Cuando la abro, aparece una pequeña bailarina dando vueltas en una pequeña plataforma y la caja musical comienza a tocar una mini versión de El lago de los cisnes.

Mis ojos se ponen llorosos cuando me estiro y agarro con un dedo un brazalete dorado finamente forjado. Recuerdo haberlo recibido por mi sexto cumpleaños. Estaba en una elegante caja negra de terciopelo. Yo abrí la caja y cuando vi lo que estaba dentro, estaba tan emocionada que solté un grito.

Luego recuerdo que mi madre agarró la caja y me la quitó de las manos. "Eres demasiado joven para tener algo tan bonito. Lo vas a perder. Lo guardaré por ti."

Nunca vi el brazalete de nuevo, pero aparentemente mi madre sí mantuvo su palabra.

"Hey", dice Charlie, entregándome la fotografía. Yo levanto la mirada sorprendida. Honestamente me olvidé de que estaba aquí por un segundo.

"Hey tú", digo, aclarando mi garganta.

Él se mueve de un pie a otro, su mano levantándose para tocar su nuca de forma inconsciente.

"Yo solo quería decir que lamento lo del otro día en el patio."

Mis cejas se levantaron. Eso no es lo que esperaba que dijera.

"¿Oh?" Digo y mi boca se vuelve una mueca. Yo tenía muchos sentimientos por lo que había sucedido, pero ninguno de ellos era culpa hacia Charles por nada.

"Sí, yo solo... no te rías, pero pensé en mi cabeza que estabas coqueteándome", admitió él, estirándose para tocar el borde de la caja con sus dedos.

Yo me pongo roja de inmediato. No está totalmente equivocado; si él me miraba con esos ojos verdes por un segundo más, yo hubiera intentado besarlo.

Pero no lo hizo, así que yo no lo hice. Él está mirando mi expresión, intentando descubrir mi reacción. Yo solo muerdo mi labio y me encojo de hombros.

"Está olvidado", digo. Necesito algo para distraerlo del tema, así que agarro el trofeo que está más cerca de mi mano. Es ligero, hecho de plástico, pero pintado para parecer de oro. "Mira, primer lugar en el concurso de ortografía de cuarto grado."

Yo le enseño el trofeo. Él lo toma y parece impresionado.

"¿Primer lugar, huh?" él parece maravillado y lo voltea para ver los lados.

"Bueno, probablemente tengo mucho más trofeos de segundo y tercer lugar, pero Ruth la Grande no me dejó traer esos a casa. Ella los llama trofeos de lástima."

"Wow", dijo él. Hay un tono de inseguridad en su voz. "Eso es de otro nivel."

"Sip. La mayoría de los niños llevaban sus tarjetas de notas a casa y sus padres las colocaban en el refrigerador si eran buenas. Mi madre no. Ella solo colocaba calificaciones perfectas en el refrigerador y cualquier cosa menor a 98 significaba que estaba en problemas." Yo suspiro, cierro la caja musical y escojo la próxima fotografía en la pila. "¡Oh mira! Aquí tengo cuatro y estoy intentando montar bicicleta."

Yo le muestro la fotografía en la cual salgo mirando gravemente a la cámara y sosteniendo mi bicicleta rosada por el manubrio.

"Parece que expresarse poco o nada es algo normal en tu familia", dice él sonriendo un poco.

"Es definitivamente la influencia de mi madre. Mira, estoy seguro de que hay una de ella en esta pila..." Digo, revisando las fotografías. El polvo me llega finalmente y yo estornudo tres veces seguidas.

Los perros aparecen como si los hubieran llamado y yo les hago una mueca.

"Salud", dice Charlie.

"Gracias. Oh, aquí hay una fotografía de mi madre", digo, sacando una fotografía. Se la entrego.

Él la mira por un segundo. "No puedo creer que esta sea tu madre. Supongo que esperaba que se viera como tú."

Yo arrugo mi nariz. "Sí. Ruth la Grande medía un metro ochenta y era mucho más pesada que yo. Nosotras no teníamos mucho en común, genéticamente o en otra cosa."

"Hmmm", es todo lo que dice él. Luego dice, "Debí haberle tomado más fotografías a Sarah cuando era un bebé. No creo que haya más que unas cuantas de los últimos dos años."

"No es muy tarde para comenzar", digo, intentando ayudar.

Por alguna razón, eso hace que me gane otra media sonrisa de él.

"¿Qué?" digo, confundida.

"Nada", dice él, aguantándose la risa.

"Uh huh." Yo pongo mis ojos en blanco.

"Escucha, tengo que irme. Tengo que irme al lado antes de que Sarah se despierte sola de su siesta."

"Okay", digo y bajo las fotografías. "Gracias por traer esto."

Él parece en duda por un momento.

"¿Tienes, uh... tienes algún interés en ir por tarta conmigo y con Sarah mañana? Vi que están teniendo un especial de tarta de Marionberry en Dot's Diner y pensé que tal vez te interesaría."

Mis cejas se elevan tan rápido que siento que van a tocar el techo.

"Estás..." Comiendo yo. En realidad no sé qué decir.

"No es una cita", dijo él con firmeza y sacudiendo su cabeza. "Solo le prometí a Sarah que iríamos. No es gran cosa."

Ahora soy yo la que tiene una sonrisa. "Me encantaría ir."

"¿Sí? Bien", dice él, asintiendo con su cabeza. Él pasa su mano por su cabello oscuro. "¿Te parece a las dos?"

"En realidad trabajo hasta las cuatro", dije.

"Está bien, a las cuatro y media entonces." Él se voltea para irse y luego pausa. "¿Te veo ahí?"

Yo me río. "No es una cita."

Él me dedica media sonrisa y sale por la puerta. Yo me quedo parada por un momento mirando el lugar donde estaba y me pregunto.

¿Qué significa algo que no es una cita?

9

CHARLIE

"¿Ir?" pregunta Sarah, señalando la tienda de helados mientras la pasamos.

Mientras caminamos hacia las paredes verdes de Dot's Diner, yo llevo a Sarah en mi cadera. "Hoy no. Veremos a Larkin, ¿recuerdas?"

"¡Lake! ¡¡Lake!!" gritó Sarah justo en mi oído.

"Sip", dije distraído mientras abría la puerta del comedor. Miro abajo a la encimera de formica blanca brillante que se encuentra en todo el restaurante. Una mesera pasa por detrás de la encimera y se voltea para gritar una orden a través de la ventana a la cocina. "Veremos a Larkin para comer tarta."

"¡¡Yum!!" dice Sarah, su voz ruidosa como siempre.

Un par de personas se voltean de sus cabinas de cuero rojo y se quedan mirando a Sarah. Larkin todavía no llega, así que yo agarro una cabina en la esquina lejana, lejos de los otros clientes.

Pongo a Sarah a un lado y miro alrededor en busca de un asiento elevador. Sarah agarra de inmediato el pimentero y el salero de la mesa blanca brillante y sonríe.

Ella comienza a soltar un montón de incoherencias y yo la hago bajar la voz.

"Shh, estamos dentro ahora. Es momento para las voces internas", digo. "Ahora muévete."

Ella se mueve y yo me siento en la banca de cuero rojo. Suspira cuando sostiene mi peso.

"¡Papi!" dice Sarah. "¿Papi, azúcar?"

Ella me ofrece la sal y yo la tomo. La mesera viene, está vestida en un uniforme de mesera color verde menta, su cabello es una extraña mezcla de rojo brillante y raíces grises. Si ella tiene menos de ochenta, me como mis propios zapatos.

Obviamente está comiendo chicle, lo mastica mientras saca su libreta.

"Soy Darlene", dice ella, sonando como si acabara de fumar cien cigarrillos. "¿Necesitas un asiento para ella?"

Yo miro a Sarah. "Sí. Un asiento elevador si tiene uno."

"Claro, claro", dice ella. "¿Quieres algo para beber?"

"Una taza de café para mí. Y... un jugo de manzana para niños para ella."

"Claro, claro", dice ella y se fue.

Veo a Larkin entrar al comedor, su cabello rubio está atado en un nudo perfecto. Ella lleva un vestido púrpura ligero y un cárdigan blanco, se alegra al vernos.

"¡Hey!" le dice ella a Sarah cuando se desliza en el lado vacío. "¿Qué, no hay asiento elevador?"

"¡Lakeeeeeeeeeee!" chilla Sarah con todos sus pulmones.

Larkin y yo la callamos al instante, Larkin riéndose.

"Hola Sarah", dice ella, estirándose hacia su cartera y sacando una grulla de origami. "Mira lo que te traje. Hicimos estos en la biblioteca."

Sarah lo toma de la palma abierta de Larkin, parece muy impresionada con su regalo.

"¿Qué le dices a Larkin?" le pregunto y le doy un empujoncito.

"¿Qué?" pregunta Sarah.

"¿Dijiste gracias?"

Sarah mira a Larkin. "¡Gracias!"

La mesera regresa con el asiento elevador marrón de Sarah. "Aquí tienes."

Yo lo acepto y me levanto para acomodar a Sarah. Me toma un minuto, pero eventualmente elevo su asiento y me siento.

"¿Me trae un té helado?" pregunta Larkin.

"Claro, dice la mesera. ¿Quieren algo de comer?"

"Todos necesitamos tarta", digo. "Dos pedazos de Marionberry."

Darlene escribe eso antes de volver a desaparecer. Larkin le sonríe a Sarah, ella está jugando con su grulla de papel.

"¡Ave!" dice Sarah.

"Sí, ave", dice Larkin. Ella me mira. "Hoy fue una celebración cultural de Japón en la biblioteca."

"Japón está en mi lista de lugares que quiero visitar", digo, recostándome en el asiento de cuero. "Antes de que Sarah viniera, yo solía visitar un país extranjero diferente cada año."

Larkin sonríe. "Imagino que pasarán unos años hasta que Sarah esté lista para viajar contigo."

Yo asiento. "Sí. Ni siquiera quiero pensar tan lejos en el futuro."

La mesera trae nuestros tragos. Le agradezco y le paso el jugo de manzana a Sarah antes de tomar un trago de mi café negro caliente. Es un café bastante decente y yo hago un sonido de apreciación.

"¿Entonces este es tu gran plan?" dice Larkin, moviendo su mano a la ventana para señalar el pueblo. "Me refiero a mudarte a Pacific Pines."

Yo frunzo el ceño un poco. "Sí, supongo. Yo..." Me detengo y respiro hondo. "Yo tenía muchos planes antes de que falleciera Britta. Luego mis planes se fueron... parecía inútil intentar planificar cosas."

Sus cejas se arrugaron. "Cierto. Por supuesto. Lo siento, no quería cuestionar tus planes para el futuro. Solo era un comentario casual."

"Sí, lo sé", dije, sacudiendo mi cabeza. Yo sonrío. "Creo que es un tema muy pesado para una tarde."

"Definitivamente", dice ella y toma de su té helado. "Sin embargo... parece que eso es lo que está en mi mente."

"¿Qué, el pasado?"

"Supongo que he estado pensando sobre cómo no me veía regresando a Pacific Pines", dijo ella encogiéndose de hombros.

Darlene trae dos pedazos de tarta y ambos le agradecemos. Yo traigo mi pedazo hacia mí y uso una cuchara para cortar un bocado para Sarah. Ella lo come ansiosa y emocionada.

Yo miro a Larkin y la encuentro mirándome a mí y a Sarah con una mirada expectante. Me encojo de hombros.

"Yo tampoco me vi aquí. En mi mente, yo ya tenía el futuro planeado. Sarah tendría un hermano pequeño pronto, Britta dejaría de trabajar y se quedaría en casa con los niños. Compraríamos una casa en Portland y montaríamos bicicletas y nos iríamos de vacaciones a Tahoe." Yo le doy otro bocado de la tarta a Sarah. "Ya sabes lo que dicen. ¿Quieres hacer reír a Dios? Cuéntale tus planes."

Larkin se muerde el labio y baja la mirada, comienza a jugar con su sorbete.

"Sí. No puedo imaginarlo..." dice ella y luego cambia el tema.

"Bueno, vamos a alegrarnos de que ambos estamos aquí, supongo." Yo levanto mi taza de café hacia la de ella. Ella levanta su vaso y ambos celebramos. Ella tiene una sonrisa triste en su cara.

"Sí. Es importante recordar que tengo un montón de cosas que amo en mi vida. Puedo trabajar con libros, algo muy afortunado. Me encanta el aroma de los libros nuevos recién salidos de la caja. Puedo hacer el crucigrama del New York Times cada semana. Amo a mis animales..."

"Es importante encontrar cosas que amas sobre tu vida", admito yo. "Probablemente debería hacer más de eso."

Larkin me mira. "No has probado la tarta."

Yo tomo un bocado y luego hago una mueca. "Ugh. Es demasiado dulce. ¿Sarah, por qué te gusta esto tanto?"

Sarah solo dice, "¡Pastel!"

"Casi", suspiro yo. "Es tarta de cumpleaños."

Larkin me mira con los ojos entrecerrados. "¿Cumpleaños de quién?"

"Mío", admito yo.

Ella golpea la mesa con la mano. "¿Hoy es tu cumpleaños y estás... qué, celebrando con un pedazo de tarta mala?"

"Hey, al menos lo estoy celebrando", digo. Yo la señalo. "No tenía que decirte a ti."

Ella sonríe. "Está bien, tienes razón. Al menos tienes que dejarme pagar."

Yo sacudo mi mano. "Imposible."

"¡Sí!" insiste ella. "No me hagas decirle a la mesera que es tu cumpleaños. Lo haré sin dudarlo."

Yo giro para mirar a Darlene, la cual está trabajando lentamente en una cabina al otro lado del comedor. "Okay. Con una condición."

Larkin sonríe. "¿Cuál?"

"Que solo dejemos algo de efectivo en la mesa y nos vayamos de aquí. De lo contrario los dientes de Sarah van a pudrirse."

Ella eleva sus cejas. "Trato hecho."

Larkin busca en su cartera y suelta un billete de veinte dólares en la mesa. Yo limpio las manos de Sarah con una servilleta y luego nos vamos.

Todavía sigue hermoso y soleado afuera con casi setenta grados. Yo muevo a Sarah en mi cadera y miro alrededor.

"Deberíamos caminar al parque", dice Larkin, asintiendo en la dirección opuesta a la casa. "Es un día ridículamente lindo."

"Ni siquiera sabía que había un parque", digo mientras tapo mis ojos. "Lidera el camino."

Yo sigo a Larkin fuera de la plaza. Mientras caminamos, ella habla sobre su trabajo, especialmente sobre lo mucho que ama trabajar con niños. Yo escucho y miro alrededor mientras caminamos.

Hay algunas cuantas cuadras de residencias con céspedes perfectos y de repente aparece un área con árboles. Una pequeña placa declara que este es el Winters Park.

Tomamos uno de los caminos a través del área con árboles. Sarah comienza a llorar para que la baje, así que la pongo en el suelo y la miro atentamente. Veo varias flores trillium creciendo, sus características flores blancas de tres puntas brillaban en contraste con sus hojas verdes.

"Mira, Sarah", digo y señalo. "Mira las flores."

"¡Foor!" dice Sarah.

"Cuando yo era pequeña solía venir al bosque y recolectar trillium", dice Larkin, cruzándose de brazos y mirando abajo mientras caminamos. "Mi madre no me dejaba meterlas a la casa, así que hacía coronas de trillium y las dejaba afuera del patio."

"¿Sí?" pregunto yo.

Yo la miro, me pregunto qué es lo que tiene esta chica que me interesa. No es su trabajo o su casa. No son sus hábitos o sus pasatiempos. Sin embargo, cada vez que obtengo un nuevo pedazo de información sobre ella, la saboreo.

Todas las piezas que tengo son una especie de web, la cual se está tejiendo lentamente para atraparme. Eso me atrae, lenta e inevitablemente, sin importar lo que haga.

"Mmmhm", asiente ella. "Yo las llamaba mi trillón de trillium. Pensé que era astuto."

El camino se reduce y pronto tengo que caminar justo al lado de Larkin, nuestras manos se chocan de vez en cuando mientras avanzamos. Sarah está unos pasos por delante; ella se detiene para examinar una pequeña pila de rocas, las mueve y las ordena de nuevo.

Yo me detengo y espero. Larkin también. Sus cejas se arrugan y ella se estira hacia mi cara. Por un instante, de todo lo que estoy consciente es de la lengua en mi boca y lo pequeña que es Larkin a mi lado.

"Tienes un poco de pelusa en tu cabello", dice ella con suavidad, sus dedos tocaron mi cabeza brevemente.

Ella está tan cerca ahora, tan cerca que puedo sentir la calidez de su cuerpo contra el mío. Puedo oler su perfume, vainilla y un poco de sándalo.

Ella me mira, abre su boca, está por hablar. Yo me inclino, elimino la distancia entre nosotros y la beso. Mis labios tocan los suyos, cierro mis ojos por un segundo.

El contacto es eléctrico, comienza a esparcirse hasta que lo siento en mis brazos, mis manos, mi pecho.

Sí, una voz me urge. *Toma lo que quieres.*

Me doy cuenta de que es la misma voz que me dijo que besara a Britta.

Alejándome, yo abro mis ojos.

Britta. Me olvide de Britta.

"Mierda", maldigo y la miro a los ojos. *¿Qué acabo de hacer?*

"Yo..." comienza ella, pero yo la corto.

"No, eso fue... lo siento", digo, sacudiendo mi cabeza. "Debería irme."

Yo me acerco a Sarah y la levanto. Mi mente es un completo desastre, mis emociones están por abrumarme en dos segundos. Yo solo... necesito estar lejos de Larkin cuando suceda.

"¡Espera!" llamó Larkin y yo comienzo a trotar y escapar.

Pero no espero. Todo en lo que puedo pensar es en Britta sentada juzgándome por mis acciones de hoy. Todo estaba bien...

Luego tuve que ir y besar a Larkin.

Soy un maldito estúpido.

Sarah comienza a llorar mientras yo avanzo por el camino, soltando las lágrimas que atan mi alma.

10

LARKIN

*H*a pasado una semana desde que vi a Charlie y estoy bastante jodida por eso. Bastante angustiada debería decir. Saco una caja enorme de archivos de mi auto y cierro la puerta con fuerza.

Quizás no puedo decirle a Charlie cómo me siento, pero claro que puedo expresar mi confusión cerrando esta puerta. Ni siquiera estoy segura *cómo* me siento, pero estoy muy enojada con Charlie por haberse ido corriendo.

Después de unos días de silencio de él, yo me preocupé un poco. En realidad revisé el correo en su puerta, como si eso me fuera a decir algo. Todo lo que encontré fue una pila de correos sin abrir, lo cual hizo que me preocupara todavía más.

Yo cargo la caja por los pasos hacia mi lado y frunzo el ceño mientras intento sacar mis llaves. Las saco y comienzo a desbloquear la puerta cuando escucho un grito.

"¡Lake! ¡¡Lake!!" llamó Sarah.

Yo me volteo y encuentro a Sarah luchando por subir los escalones de mi lado de la casa. Charlie está una docena de pasos detrás de ella, su expresión era cautelosa.

Así que aparentemente sabe que desaparecer por gran parte de una semana no es normal, pienso yo.

"Hey, Sarah", digo y bajo la caja.

Los perros se quejan al otro lado de la puerta, así que la abro para ellos. Ellos salen entusiasmados, Morris lidera el camino.

"¡¡Perrito!!" dice Sarah, su atención ya no está en mí. Morris y Zack están sobre ella, le dan un baño con la lengua y mueven sus colas.

Yo miro a Charlie acariciar a Sadie y ella mueve su cola con apreciación. Él avanza hasta el porche, pero se detiene ahí. Su cabello oscuro se mueve ligeramente en el viento y tiene unos círculos debajo de los ojos muy feos.

"Hey", dice él. Yo lo miro, algo de mi ira desaparece.

"Hey", digo. "No los he visto por un tiempo."

Él hace una mueca, como diciendo, ya lo sé.

"Sí, tuvimos que ir a visitar a la mamá de Britta, Helen." Él desvió la mirada.

Mis cejas se arquean. "¿Ella vive cerca?"

Él encogió un hombro. "Lo suficiente."

Quiero preguntarle cómo le fue, escucharlo contarme una historia. Pero me resisto. Si él quiere espacio, va a tener suficiente. Por otro lado, Sarah...

Yo la miro, ella se ríe mientras acaricia a Morris. ¿Cómo podría alguien sentir algo diferente a amor por ella?

"Hey", digo para atraer su atención. "Tengo algo para ti. ¿Lo quieres ahora?"

"¡¡Regalo!!" declara ella. "¡Dame!"

Yo me río. "Okay, iré a buscarlo."

Yo levanto la caja llena y voy adentro. Dejo la caja en la mesita de café, levanto un volumen delgado, la cubierta está desgastada y rota. Se siente familiar en mis manos; reviso las páginas sin pensarlo.

Regreso al porche trasero donde Sarah espera impaciente en la puerta. Yo me arrodillo delante de ella y le muestro la cubierta amarilla.

"Esta es mi copia de El principito", le digo, abro el libro y reviso algunas páginas. "Alguien me lo dio cuando era pequeña. Pensé que tal vez te gustaría tenerlo."

"Yo", dice Sarah, asintiendo su cabeza.

"Toma", digo, intentando pasárselo. "Tómalo."

"No", dice ella, una expresión terca apareció en su cara. "Léeme."

"Oh, no puedo", digo. "Tengo que..."

"¡¡Tú lee!!" grita ella. Hay una pequeña vibración en su voz que advierte sus lágrimas.

Yo miro a Charlie y él está cruzado de brazos. Él me mira. "Necesita una siesta."

"Ya lo veo", digo.

Sarah comienza a lagrimar, frustrada porque le niegan su deseo. "¡Leer! ¡Tú leer!"

Desesperada por calmar sus lágrimas, yo miro a Charlie para pedirle permiso para leerle. Nuestro intercambio es sin palabras, solo una serie de miradas. Finalmente, mientras Sarah comenzaba un berrinche completo, él pone sus ojos en blanco.

"Está bien. Puedes venir a leerle. ¿Escuchaste eso, Sarah?" dice él.

Genial. Merezco uno de sus volteada de ojos.

Sarah se calla, pero sus lágrimas no paran. Yo la levanto, mi corazón se emociona por la forma en que se acomoda en mi hombro.

Yo sigo a Charlie, el cual avanza penosamente y abre la puerta. Él me lleva a la sala y hace un gesto hacia el sofá.

"Siéntala ahí", ordena él. "Buscaré su manta en el auto."

Yo me muevo para sentar a Sarah en el horrible sofá de flores. "Tu papá está buscando tu manta. ¿Qué tal si escoges una almohada? ¿Esta te gusta?"

Yo saco uno de los cojines decorativos y lo pongo. Sarah se acuesta. "¿Leer?"

"Definitivamente." Yo me siento en el piso al lado del sofá y abro el libro. Comienzo a leer. "Una vez cuando tenía seis..."

Leo la página completa lentamente. Señalo la boa constrictor, la cual está por tragarse a su presa. "Parece que la serpiente está por comerse a la criatura púrpura. ¿Qué tipo de criatura crees que es?"

Sarah arruga su nariz. "Gato."

"Puede ser un gato", digo. "O algún tipo de... no lo sé, una mangosta o algo así."

Charlie regresa, estira una manta rosada y arropa a Sarah. "Aquí tienes."

Él se sienta al otro lado del sofá. Yo aclaro mi garganta y volteo la página. Sigo leyendo, lentamente. "Ellos respondieron..."

Mientras leo, puedo ver que los ojos de Sarah se están cerrando. Intento ocultar mi mueca y sigo leyendo las aventuras del principito.

Soy consciente de que Charlie me está observando. Lo admito, La sensación de ser observada por él hace que mi corazón se acelere. Es difícil mantener mis ojos en las páginas del libro, pero logro hacerlo. Sarah estira un brazo y lo dobla en mi antebrazo.

Mi corazón se aprieta con fuerza y siento un pequeño nudo en mi garganta. Yo miro a Charlie, pero él está mirando a la distancia, su expresión es imposible de descifrar.

Ella cierra sus ojos, pero yo sigo leyendo por un rato. Quiero asegurarme de que está dormida. Siento de nuevo los ojos de Charlie en mí y bajo el ritmo de mis palabras. Cuando lo miro, quedo hipnotizada por sus ojos, tan verdes como un par de esmeraldas.

"Creo que puedes parar", dice él, su voz apenas un suspiro. Él duda, luego dice, "creo que voy a tomar un trago en el porche. ¿Quieres unirte?"

Yo trago y asiento. "Sí."

"Okay. Iré por los tragos." Él se levanta y va hacia la cocina.

Pongo El principito en la mano de Sarah y desenredo su

brazo del mío. Pongo su brazo gentilmente sobre su cuerpo y luego me voy de puntillas de la habitación.

Me acomodo en los escalones del porche del frente, mirando el sol ocultarse por encima de la plaza del pueblo. Charlie se une en poco tiempo y se sienta a mi lado. Él está más cerca de lo que esperaba, su pierna y brazo tocan los míos cada varios segundos.

Yo lo miro y me pregunto si lo nota. Si lo hace, no parece dar ninguna señal. Él me entrega un vaso de whisky con un par de cubos de hielo.

"Salud", digo, levantando mi vaso.

Él entrecierra su mirada por un momento y luego choca su vaso con el mío. Tomo un trago y hago una mueca mientras el whisky dulce pasa quemando mi garganta.

"Cielos", digo. "Creo que es un poco temprano para tomar whisky para mí."

Charlie se ríe. "Es justo. Ha sido... ha sido una semana difícil para mí."

Yo bajo mi vaso y pongo mi cabello sobre mi hombro. "¿Sí?"

"Sí", suspira él. Él bebe su whisky. "Mi suegra es... es algo especial."

"¿En qué sentido?" pregunto yo y ladeo mi cabeza.

"El último jueves fue nuestro aniversario. El mío y el de Britta. Así que llevé a Sarah a visitar a Helen. Ella comenzó a comentar cada pequeña cosa. Fue muy crítica conmigo, sobre mi mudanza a Pacific Pines. Siempre critica a Sarah, siempre la corrige. Eso me afectó mucho."

Mis ojos se abrieron. "¿Pasaste más de un día con ella?"

Él asiente. "Sí. Hizo todo un lío por ir a visitar la tumba de Britta y luego pasó el resto del tiempo diciéndonos las virtudes de Seaside. Lo está intentando con muchas ganas."

Yo muerdo mi labio. *¿Están planeando mudarse?* Eso sería... eso no me gustaría. "¿Estás siendo convencido?"

"¿Seaside?" Él se ríe. "Claro que no. Está a solo una hora de aquí. Además, ella sigue diciendo que si vivimos en Seaside, podemos vivir en una de sus propiedades de alquiler y ella podría aparecer siempre. Lo dijo no menos de una docena de veces. Ella es una persona controladora y yo puedo verla intentando controlar a Sarah. Muchas gracias, pero no."

"Ah." Yo asiento, aliviada. "Entonces suena a que te ganaste ese trago."

Él parece divertido. "Creo que sí."

El silencio gobierna por unos segundos, lo suficiente para que yo me ponga ansiosa. Charlie solo toma su whisky y mira el sol que se oculta.

"Lo siento por... digo, estoy segura de que observar el aniversario fue difícil." Yo lo miro y veo una tristeza profunda pasar por su cara.

Él asiente y aprieta su mandíbula. "Sí. Lo fue."

Cuando veo a Charlie, no puedo evitar ver a un animal herido. Si no es un león, entonces quizás es un ave con un ala herida luchando por volar.

Por mi ida, yo quiero ser la que lo rehabilite. Llevarlo a casa en una caja de zapatos, alimentarlo, dejar descansar su ala.

Quiero ser yo a la que él acuda por consuelo.

Es tonto, lo sé. No soy una adolescente enamorada. Soy una bibliotecaria solitaria con sus propios problemas.

Pero eso no detiene a mi corazón de desearlo.

Yo respiro hondo y bajo la mirada, obligándome a quedarme callada.

11

CHARLIE

Estoy saliendo de mi auto en mi apartamento, acabo de dejar a Sarah con Rosa por el día. Entrecierro los ojos al salir al aire de la tarde.

No es que quiero ver a Larkin. Juro que no. Pero mis ojos buscan su auto automáticamente, su pequeño Honda rojo. Cuando lo veo, sé que ella se encuentra en casa.

Déjala sola, me regaño a mí mismo. Vas a arruinar a esa chica. Ella merece mucho más de lo que tú puedes ofrecer. Es decir, absolutamente nada.

Así que me distraigo por un par de horas. Voy a correr. Limpio la casa. Intento leer el Wall Street Journal, aunque no puedo terminar la primera sección sin ponerme a mirar la pared que comparto con Larkin.

Eventualmente me baño y me visto, sabiendo ya que iba a tocar la puerta de Larkin. Es algo inevitable.

Cuando toco, ella abre la puerta de inmediato y parece sorprendida al verme. Ella se ve increíble, usando un vestido rosado corto. Mis ojos casi se salen al ver el escote que tiene. Juzgando por su vestido, ella va de salida.

"¡Oh! ¡Hey!" dice ella.

Ella estaba esperando a alguien más. Deseo que el saber

eso no hiciera que se me revolviera el estómago, pero sucede. Cubro mi momento de celos con una broma. "¿Estabas esperando a Brad Pitt?"

"¿Qué? Oh, no." Ella sonríe. "¿Dónde está Sarah?"

"Está pasando la noche con mi papá y Rosa."

"Ohhh, eso es grande. ¿Estás buscando algo que hacer? Porque un gran grupo de personas de nuestra edad van a pasar el rato a Stella."

Yo arqueo una ceja y me cruzo de brazos. "¿Qué es Stella?"

"Es el único bar al que vale la pena ir antes de llegar a Tillamook. Es genial los sábados por la noche." Ella sonríe. "¡Deberías venir!"

"Ah. No lo creo", digo y retrocedo un par de pasos y me toco la nuca.

"¡Sí! Necesitas conocer personas", insiste ella. "Vamos, ¿cuándo fue la última vez que saliste?"

Yo pauso y pienso. Es un poco vergonzoso tener que ponerme a calcularlo. "Uhhh... honestamente no lo sé."

"Deberías venir", dice ella con firmeza. "Estoy por ir allí ahora mismo."

"Sí..." Digo con inseguridad, intentando terminar la oración con un *quizás en otra ocasión*. Pero Larkin se ilusiona cuando piensa que ya me convenció.

Yo siempre pierdo al ver una sonrisa brillante, especialmente en alguien como Larkin. Yo cierro mi boca y no digo lo que iba a decir inicialmente.

"¡Va a ser genial!" dice ella. "Déjame buscar mi suéter."

Yo meto mis manos en los bolsillos de mi sudadera con capucha y reprimo un suspiro. Larkin entra por medio segundo y luego sale con un cárdigan blanco.

Stella resulta estar a solo unas cuadras del otro lado del pueblo. Es un edificio simple pintado todo de negro. Desde afuera puedo escuchar a Black Keys.

Larkin me lleva dentro a través de puertas dobles de metal. El lugar está repleto de personas terminando sus veinte y comenzando sus treinta. Hay cabinas grandes a un lado y un largo bar de madera con personas alineadas y esperando sus tragos.

"Oh, ahí están algunos de mis amigos", dice Larkin, señalando una esquina. "Vamos."

Ella estira su mano hacia mí sin siquiera mirarme y espera que la agarre. Yo dudo por un segundo y luego la tomo. Su mano parece tan pequeña a mi lado, sus dedos casi desaparecen bajo mi agarre.

Avanzamos a través de la multitud y vamos hacia una esquina alejada. Mientras nos acercamos, puedo ver unas diez personas juntas en la cabina de la esquina, una mezcla de chicos y chicas.

Llegamos a la mesa y Larkin suelta mi mano. Casi lamento que lo haya hecho, aunque no esperaba que sostuviera mi mano toda la noche.

¡Detente! Me vuelvo a regañar yo mismo. *Solo... detente.*

"¡Heyyyyy!" dice Larkin, abrazando a una chica linda y de piel oscura que nos notó. "¡Hey, todos! Um, él es Charlie, es mi inquilino. Charlie, ellos son Lisa, Jack, Anne-Marie, Seelah, Rick, Jared, Brooke, Mason, Jackson y Karen."

Los miro de reojo. Además de Lisa, la chica de piel oscura que Larkin abrazó y Seelah, la cual parece de ser del Oriente Medio, todos parecen iguales.

"Habrá un examen sorpresa luego", dice uno de los chicos, sirviéndose un trago de una jarra que está en el medio de la mesa. "Espero que aprendas rápido."

El grupo se ríe. *¿Por qué vine aquí?* Me pregunto.

"Vengan, podemos agarrar un par de sillas y traerlas", dice Lisa con un guiño.

"Por favor sírvanse de la jarra", nos anima una de las chicas. "Aquí tienen unos vasos de plástico."

Yo acepto los vasos rojos de plástico y Larkin trae un par de sillas. Agarro la jarra y relleno nuestros vasos una tercera parte y le paso uno a Larkin.

"¡Gracias!" dice ella. "¡Salud, todos!"

Yo me siento y dejo que Larkin hable, está diciendo una historia con sus manos. Verla actuar y socializar es como mirar un cohete despegar. Permito que el ruido de la multitud me cubra; por un segundo comienzo a sentirme un poco claustrofóbico.

"Hey", dice Lisa, sonriéndome. "¿Eres nuevo en el pueblo, cierto?"

Yo asiento y bebo de la cerveza. No hago una mueca, pero es barata y está caliente. "Me mudé aquí hace un mes."

"Eso es genial", dice ella y gira su cuerpo hacia mí. "¿Estás viviendo en el otro lado de la casa de Larkin?"

"Así es. ¿Cómo se conocen ustedes?" pregunto yo.

"Larkin y yo fuimos juntas a la secundaria. No puedo creer que esté de regreso", dice Lisa. Su tono se vuelve bromista. "Supuse que escribiría un libro, se convertiría en millonaria y nunca hablaría con nosotros de nuevo."

"Suerte para nosotros", digo, tomando otro trago de cerveza. "Creo que quiero algo más para beber. Voy a ir al bar."

"¡Oooh! ¡Iré contigo!" dice Lisa. "De verdad quiero un Tequila Sunrise."

Yo me levanto. Lisa también, entrelaza su brazo con el mío y me sonríe. Tengo la sensación de que está coqueteándome, pero no puedo hacer nada al respecto.

Voy hacia el bar con Lisa. Me paro en la línea por un trago, mirando hacia abajo a cada una de las personas. Sip, seguramente soy el más alto del lugar.

"Estás muy callado", dice Lisa, jalando la cuerda de mi sudadera.

"¿Lo estoy?" digo.

"Si", dice ella y pone sus ojos en blanco. "¿Me vas a dar los detalles?"

"¿Disculpa?" digo y le frunzo el ceño.

"¿O sea, estás saliendo con Larkin?" pregunta ella. "¿O eres un agente libre?"

Yo toso. "No estoy con nadie. Me gusta estar así."

"¡Huy, alguien es quisquilloso!" bromea ella. "No puedes enojarte. Solo estoy intentando conocer el panorama."

"Uh huh", es todo lo que digo. Atraigo la atención del bartender y ordeno un Bulleit Bourbon y un Tequila Sunrise.

Yo vuelvo a mirar a la esquina mientras espero mis tragos. Larkin se movió de la silla y entró a la cabina para sentarse al lado de Jack. Ella le está hablando animada. Él desliza su brazo alrededor de ella, pretendiendo que está estirándose.

Maldición. Ese debería ser yo. Yo debería ser con el que ella hable, con el que ella sonríe.

No, me recuerdo. Lo sabes bien.

Yo volteo mi mirada al bar. "¡Hey, bartender! Que sea triple."

"¡Oooh, el mío también!" dice Lisa, inclinándose sobre el bar.

Cuando el bartender trae los tragos, Lisa choca su vaso plástico contra el mío. "Por nuestro primer trago juntos."

Yo frunzo el ceño, pero bebo de igual forma. Luego pienso que tal vez Larkin vaya a casa con Jack. O peor, puede que Larkin lo lleve a su casa.

Sí, voy a necesitar mucho whisky para superar la noche.

Echo todo el trago en mi garganta, haciendo una pequeña mueca mientras me quema el pecho. Ordeno otro de inmediato.

"Demonios. ¿Has escuchado sobre tomar lento?" pregunta Lisa. "Digo, no juzgo, pero creo que eres demasiado grande como ser cargado al final de la noche."

Yo sonrío. "Eso es asumiendo que esté aquí por más de una hora, y no pienso estarlo."

Ella levanta sus cejas. "¿Oh?"

"Regresemos a la mesa tan pronto reciba mi trago", sugiero yo. "No quisiera que te pierdas la compañía de tus amigos por mucho tiempo."

Ella me mira insegura. No podría importarme menos, lo

que significa que el whisky ya está funcionando. Recibo mi trago y suelto el efectivo en el bar, luego me doy la vuelta y regreso a la cabina de la esquina.

Me siento en la misma silla. Lisa hace que sus amigos se muevan para que ella pueda sentarse en la cabina con ellos. Larkin se gira hacia mí. "¿Te diviertes?"

"Necesitaba un trago real", dije encogiéndome de hombros. "Además, no soy yo el que se está divirtiendo."

"¿No?" pregunta ella y hace un puchero.

"No, diría que esos son tú y Jack." Yo tomo de mi trago.

Larkin se sonroja. "¿Jack? No, solo le contaba una historia."

"Tiene su brazo alrededor de ti", señalo asintiendo con mi cabeza. "No creo que él sienta lo mismo que tú."

Ella gira su cabeza un poco y se da cuenta que es cierto. Yo tomo un largo trago de mi bebida y disfruto ver cómo se mueve un poco.

"¿Sabes qué? Tengo que ir al baño", dice Larkin. "Discúlpame."

Ella tiene que deslizarse por mi lado, casi todo su cuerpo me roza. Por primera vez no me molesta. De hecho, si estuviéramos solos, yo la hubiera jalado hacia mi cuerpo.

Exploraría su pequeña boca, pasaría mis manos por su perfecto cabello rubio.

Miro detrás de mí al pasillo donde desaparece Larkin. En medio segundo me levanto y pongo mi vaso en la mesa. No sé qué me hace hacerlo, pero de repente estoy siguiendo a Larkin.

Tengo que esperar un segundo, porque una chica se dobla delante de mí para preocuparse por su zapato. Para cuando llego al pasillo oscurecido, no hay nadie a la vista. Camino hacia el baño de hombres, luego veo la otra puerta marcada con *Mujeres*. De repente me doy cuenta de que mi corazón está acelerándose.

Respiro hondo y doy un paso hacia la puerta. Se abre antes de que llego y una Larkin confundida sale de la puerta.

Ella me mira y frunce el ceño. "¿Todavía sigues con eso de Jack? Porque creo que..."

Yo gruño, estiro y la agarro por la cintura. Todos mis pensamientos están confundidos; de todo lo que estoy seguro es que necesito sentir sus labios contra los míos.

Retiro su cabello y tomo su barbilla, mirando su cara en forma de corazón. Ella me mira, muchas emociones pasan por sus ojos. No puedo nombrarlas todas, pero siento lujuria y duda en cantidades iguales.

Paso mi pulgar por sus labios rosados perfectos, mirándola atentamente. Sus ojos se cierran a medias y su duda es reemplazada con deseo. Sus labios se abren, más que listos para los míos.

Yo me inclino y aplasto sus labios bajo los míos. *Sí,* dice una voz *en mi cabeza. Claro que sí. Lo quieres. Lo necesitas.*

Larkin es salada y dulce, caramelo quemado y melaza negra. Yo gruño en su boca. Nunca había deseado tanto algo como la deseo a ella.

Ella rodea mi cuello con sus manos, haciendo que mi hambre aumente. Ella es tan pequeña, tan frágil; yo la levanto y la giro para que su espalda esté contra la pared.

Ella muerde mi labio inferior con sus dientes. Yo gruño y tomo control del beso, mi lengua invade su boca de forma rítmica. Yo avanzo y presiono mi enorme cuerpo contra su pequeño cuerpo.

Siento sus pechos aplastados contra mi torso, sus caderas tocando mis muslos. Me pongo duro al sentir su calidez, al saborearla, al oler su aroma. Por un segundo empujo mi pene cubierto contra su estómago.

Ella hace un ruido en el fondo de su garganta. Quizás está imaginando lo que sería liberar mi pene de mis pantalones. O quizás está imaginándose cómo se sentiría estar debajo de mí sin ninguna barrera entre nosotros.

Yo muerdo su labio inferior y soy recompensado al sentir sus uñas clavarse en mi nuca. Tengo la sensación de que ella es una gata salvaje en la cama, arañando y clavando sus uñas e intentando gruñir.

Separo nuestro beso y llevo mis labios a su cuello. Tengo una mente que se enfoca en una sola cosa y puedo olvidar a las personas a nuestro alrededor y al ruido del bar. Pero Larkin no puede.

Siento sus manos en mi pecho empujándome. Su voz está sin aliento. "Creo que... Charlie, creo que tenemos que parar."

Yo la ignoro, cierro mis ojos y muevo su cabeza para que me dé más acceso a su cuello. La muerdo gentilmente.

"Ohhh", suspira ella. Sus manos aprietan mi camisa por un momento. Tomo eso como una buena señal, así que la muerdo de nuevo. "¡Mierda! Charlie... tenemos que... ¡Charlie, detente!"

Su voz tiene un tono autoritario que me hace retirarme y ver su cara.

"Lo siento", dice ella, enderezando su vestido. Ella me mira implorándome. "Es solo que... estás tomado y estamos en un bar repleto. No quiero hacer nada que vayamos a lamentar después."

Yo frunzo el ceño. "Bien por mí."

Volteándome, yo avanzo por el pasillo, queriendo salir de este bar. Yo la escucho justo detrás. "¡Charlie, espera!"

Pero no espero. Ignoro su mano en mi cintura, la alejo y me muevo en la multitud.

Sí, ella tiene razón. Voy a arrepentirme. Demonios, ya lo estoy haciendo.

Pero no quería escucharlo. Solo quería perderme en el momento, en su hermoso cuerpo, en las sensaciones que sentí ahí atrás.

¿Tiene algo de malo?

Me muevo de un lado a otro, esquivando a las personas. Finalmente llego a la puerta del bar y soy libre. Camino en la oscuridad de la noche, meto mis manos en mis bolsillos y me dirijo a casa.

12

LARKIN

Respiro hondo antes de tocar la puerta de Charlie algunos días después. Estoy nerviosa, mis manos están sudando. Las limpio discretamente en mis jeans.

Sabía que tenía que darle a Charlie algunos días para desaparecerse después de lo que sucedió entre nosotros en el bar. Él tenía un tornado de emociones esa noche y estaba muy tomado.

Pero ahora que he esperado tres días escuchando leves sonidos a través de la pared, yo tenía que venir. Yo sé que debería dejarlo solo. Lo sé.

Honestamente, si fuera otro tipo, yo ya estaría exasperada. Pero Charlie es un león con una espina en su garra y yo soy el ratón que solo quiere ayudarlo.

Así que aquí estoy. Algunos podrían decir que soy una masoquista y no estarían equivocados.

Yo toco la puerta, mi corazón late con mucha fuerza. Escucho los pasos de Charlie acercándose a la puerta. Él abre la puerta y llena la entrada con su figura.

"Hola", digo, intentando un tono animado.

Charlie me mira y mantiene su expresión neutral. "Hey."

"¿Te importa si hablamos en privado por un segundo?"

Él mira detrás de él y luego sale al porche, cerrando la puerta detrás de él.

"Claro", dice él, suspirando. Yo intento evaluar su ánimo, pero él está totalmente inexpresivo.

Genial. Yo comienzo, "Quería disculparme..."

Él me corta con una mano en mi antebrazo. "Detente, detente. Tenías toda la razón. Yo estaba un poco tomado yo solo... supongo que necesitaba desahogarme un poco. Lo siento mucho, Larkin."

Mi boca forma una O perfecta de sorpresa. "¿No estás... enojado o algo así?"

Él sacude su cabeza. "No. Tenías razón, lo hubiera lamentado luego."

Lo intento, pero no puedo evitar sentirme un poco mal por sus palabras. Yo vine a convencerlo exactamente de lo que acababa de decir... pero intenta decirle eso a mi corazón.

Yo entrecierro los ojos, necesitando cubrir mis emociones y enterrarlas. Me da unos segundos para sacar una sonrisa falsa. "¡Bien! Bueno, me alegra que te sientas de esa forma."

Las palabras son como arena en mi boca. Charlie me mira detenidamente. "¿Sí?"

Él observa la mirada conflictiva que intento esconder. Yo respiro hondo, sabiendo que necesito cambiar de tema.

"Hey... estoy pensando en sacar a pasear a mis perros al parque", digo. "¿Quieres venir con Sarah?"

Él me mira cuestionándome, pero asiente. "Sí. Le he estado prometiendo a Sarah que saldríamos y haríamos algo todo el día. Solo he estado viendo la pantalla de mi computadora todo el día, intentado descifrar de cuáles compañías deberías deshacerse mi compañía."

"¡Genial!" digo, llena de una falsa alegría. "Déjame buscar a los perros. Te veré aquí en unos minutos."

Hay unos minutos de felicidad caótica en mi casa cuando anuncio que saldremos por un paseo. Los dos Golden Retriever siempre están listos para caminar y mueven sus colas emocionados. Sadie no lo comprende totalmente hasta que le ajusto su arnés, solo entonces se emociona tanto que da un par de vueltas en círculo.

Yo lucho para amarrarlos a todos y salir. Prácticamente me arrastran hasta los escalones en el porche y ahí veo a Charlie y a Sarah. Él lleva a Sarah en sus brazos, pero apenas ve a los perros, ella se retuerce para bajar.

"¡Perros!" dice ella.

Yo intento controlarlos, pero apenas Charlie le permite bajar, Sarah es inundada de besos de perros. Ella coloca sus brazos alrededor del cuello de Sadie y acaricia el bozal de Morris. Yo me río de Zack que está oliendo sus zapatos.

"¿Lista para ir de paseo?" le pregunto a Sarah.

"¡Sí!" grita ella. "Vamos."

Yo planeaba llevar a los perros al parque, pero como veo que Sarah está aquí y aparentemente ella está paseando a los perros, yo opto por un par de vueltas a la plaza del pueblo.

Charlie, Sarah y yo comenzamos a caminar. Mantenemos un ritmo lento, siendo conscientes de que las pequeñas piernas de Sarah también están caminando.

Charlie y yo nos quedamos callados por un rato hasta que vemos a un grupo de personas mayores caminando por la plaza. Son mujeres en su mayoría, pero hay algunos hombres canosos entre ellas. Uno de los hombres está usando una camiseta de manga larga de Bill O'Reilly metida en sus caquis.

"Ugh", dice Charlie, sacudiendo su cabeza. "¿Bill O'Reilly? ¿Cómo puede alguien escuchar la basura que sale de la boca de ese tipo?"

Yo lo miro. "Digo, creo que nadie lo sigue tomando en serio."

"Aparentemente ese tipo sí." Él hace una mueca. "No puedo aguantar a estos tipos parlanchines que tienen un millón de opiniones de lo que está haciendo el ejército en el Oriente Medio, pero no han servido ni un día en las Fuerzas Armadas. Me vuelven loco."

"¿Así que... serviste en el ejército?" pregunto yo.

"Sip. Estuve en el Ejército por años y luego fui reclutado por la CIA."

Mis cejas se elevan. "¿Trabajaste para la CIA?"

"Sip." Él asiente.

"¿Haciendo qué?" Cuando él me mira, yo me rio. "¿No puedes decirme cuál fue tu trabajo?"

Él sacude su cabeza. "Nah. Digamos que he visto mucha mierda. He estado ahí, primero en Afganistán y luego en Siria. Sin embargo, un tipo hipócrita como O'Reilly puede decirles a las personas un montón de mierda. ¡Y ellos se creen cada palabra!"

Él sigue sacudiendo su cabeza.

"Si te hace sentir algo mejor, él ya no trabaja para Fox News. Lo despidieron después del enésimo escándalo sexual."

"Hmm", dijo él. "Esta es solo una de las cosas que me enojan."

Yo sonrío. "¿Qué otra cosa te hace enojar?"

"Cualquier estadounidense que está sano y es súper patriota, cuelga su bandera, lleva su arma, usa su biblia, tiene una opinión sobre cada maldita cosa que hace el ejército de los Estados Unidos. He conocido un par de tipos como esos. Sin embargo, ellos nunca han servido. Eso me desespera." Él mira que Sarah se desvió hacia una caja de poder gris y de metal, un poco fuera del camino de ladrillos. "¿Hey, Sarah? Ven aquí. Mira, mira el perrito..."

Yo miro mientras él la guía gentilmente de regreso a la seguridad. Después de que ella regresa al camino, él exhala. "¿De qué estaba hablando?"

"De lo que te molesta." Yo detengo un segundo para rascar mi nariz, intentando rascarme cómicamente mi nariz con mi hombro.

"Hey, dame una", dice Charlie, estirando su mano. Yo le dedico una mirada desconfiada, pero le entrego a Zack. Una vez que me rasco mi nariz, lo miro, pero él parece contento de sostener la cuerda de Zack.

"Odio la tostada de aguacate", dice él. "En realidad, detesto cualquier tipo de comida lujosa y pretenciosa. Así como... las costillas asadas y la espuma comestible."

Yo sonrío. "¿Entonces nada de gastronomía molecular para ti?"

"Claro que no. ¿Sabes lo que de verdad me gusta? Un hummus casero muy, muy bueno y un baba ganush, quizás con makdús si me siento muy elegante."

"Ni siquiera sé qué es eso."

"Los makdús son berenjenas rellenas. Cuando estuve ahí, la comida me encantó. Fui uno de los pocos soldados que pudo regresar más gordo de lo que fui." Sus ojos brillaron. "Pero suficiente de mí. ¿Qué hay de ti? No he visto nada que te moleste."

"Bueno, no quieres hacerlo. Soy súper aterradora cuando me enojo", digo.

"No sé por qué, pero no lo creo."

"Sí, la verdad estoy demasiado preocupada por los demás para enojarme." Pienso al respecto por un segundo. "Odio cuando estoy en un grupo grande de personas y la conversación pasa a ser sobre política. Yo aprendí que nunca, nunca debes hablar de política o dinero fuera de tu familia."

Yo me encojo de hombros. Charlie me mira. "¿Eso es todo?"

"Mmm... digo, el resto es normal. Detesto a los que acosan. Odio a la mentalidad de los pueblos pequeños..."

"¿A qué te refieres?"

"La sensación de que si las personas son de la ciudad o viven un tiempo en la ciudad, entonces ellos son el enemigo. Eso ocurre mucho aquí." Yo arrugo mi nariz.

Él se ríe, el timbre profundo en su voz se vuelve más fuerte. Yo siento escalofríos; creo que es la primera vez que él se ha reído con ganas. Yo lo miro confundida.

"¿Qué?" pregunto yo.

"Nada. Es solo que... definitivamente eres única", dice él y sacude su cabeza con una sonrisa. Su sonrisa disminuye un poco. "Britta siempre solía debatir sobre política. Supongo que solo le gustaba discutir."

Yo respiro hondo. ¿Estoy siendo comparada con la increíble Britta? ¿Si es así, qué tan bien salgo parada? ¿De verdad podría ganarle a la mujer misteriosa del pasado de Charlie?

La conversación sigue y yo asiento y sonrío. Pero sigo obsesionándome por lo que dijo y cómo me comparo con mi competencia.

No puedes ganar, pienso yo. Siempre serás la segunda.

Ni siquiera me doy cuenta de que terminamos el circuito y estamos llegando a la casa de nuevo. Tomo la correa de Zack y murmuro mi despedida a Charlie y Sarah.

Voy subiendo los pasos cuando escucho las palabras en las que tendré que intentar no obsesionarme.

"Te veré luego, ¿cierto?" pregunta Charlie.

Yo me giro. Mi corazón comienza a galopar de nuevo. Yo sonrío.

"Claro", digo. "Pronto."

"Está bien, te veo luego."

Luego se fue, llevando a Sarah de regreso a su lado de la casa. Dejándome con los tres perros y una sensación graciosa en mi pecho.

Oh no... de verdad podría estar enamorándome de Charlie.

Bueno... mierda.

13

CHARLIE

"Hey, Sarah", le digo a mi hija, ella está caminando a través de la plaza conmigo. En sus brazos está su copia de segunda mano de El principito, su primer libro atesorado. "¿Dónde vamos? ¿Vamos a ver a Larkin al trabajo?"

Sarah piensa por un segundo. "¡Mmm... sí!"

"¿Cuáles son las reglas de la biblioteca donde trabaja Larkin?"

"No lo sé." Ella se distrae con unos niños jugando a través del césped. "¿Juegar?"

"Sí, esos niños van a jugar", digo. "Pero nosotros vamos a la biblioteca. Es el día internacional."

Sarah me mira. Yo me aguanto las ganas de poner los ojos en blanco; hablarle de esta forma parece tonto, pero Rosa dice que eso ayuda a que su cerebro se desarrolle correctamente.

"Así que Larkin nos invitó a la biblioteca hace algunos días. Supuse que podríamos aparecer de sorpresa. No es raro, ¿cierto?" Yo pauso, pero Sarah sigue avanzando. "Así que vas a jugar con algunos niños de tu edad. Vas a tener que intentar estar en silencio. ¿Crees que puedas hacerlo?"

Sarah asiente, su expresión es muy seria. Ella sacó eso de su madre, cien por ciento. Algunas veces Britta lucía igual, triste y seria, aunque no estuviéramos hablando de algo serio.

Yo empujo el recuerdo de Britta a un lado. No es el momento para eso.

Sarah y yo caminamos hasta la biblioteca de Pacific Pines, observando sus ladrillos dorados y sus grandes ventanas. Yo señalo los dibujos de los otros niños que estaban pegados a los bordes de las ventanas y Sarah sonríe.

Yo abro la puerta de vidrio del frente y Sarah entra. La biblioteca parece tener una temática azul y verde; hay un escritorio de circulación a mi izquierda que es verde y las alfombras son verdes y azules. Incluso los estantes que comienzan a mi derecha son azules.

"¡Lake!" dice Sarah, corriendo hacia donde está Larkin en una mesa, viendo hacia otro lado. Larkin está en una mesa con otros seis niños, cada uno realizando sus manualidades. Larkin gira un segundo antes de que Sarah choque con sus piernas y la abrace.

Larkin siempre está linda, pero ella tenía algo hoy... está en un vestido azul marino y un cárdigan esmeralda que va a juego con la biblioteca. Su largo cabello rubio está en una trenza y está acomodado perfectamente en su hombro.

Mis ojos escanean la única piel que está enseñando, sus piernas. Por alguna razón, no puedo evitar imaginar el tipo de bragas que debe estar usando. Pienso que debe ser de encaje y blanca para ir a juego con su sujetador. Así debe ser Larkin.

"¡Oh, hola!" dice Larkin. Ella baja las tijeras que está sosteniendo y se agacha para abrazar a Sarah. Luego ella me mira. "Viniste."

Yo asiento. "Necesitábamos salir de la casa."

"Me alegra que lo hicieran. Estamos haciendo unas tiras de papel periódico ahora mismo, para luego poder hacer papel maché." Ella mira a Sarah. "¿Quieres ayudar."

"¡Sí!" dice Sarah, sonriendo.

Yo sonrío, feliz de retroceder y permitir que Larkin tome el mando.

"Está bien. Vamos a sentarte..." Larkin lleva a Sarah a un asiento cercano y le trae los materiales. Algunos de los niños están usando tijeras de seguridad, pero Larkin le enseña a Sarah cómo romper el papel periódico usando sus manos. En poco tiempo, Sarah se encuentra rompiendo el papel obedientemente.

Yo me tomo unos minutos para pasear por la biblioteca. Camino por los pasillos llenos de estantes, en ocasiones escojo algún libro, lo examino y lo vuelvo a colocar. Para cuando termino con mi inspección casual, Larkin está de regreso en la mesa.

Sarah rompe un pedazo de papel periódico, luego lo levanta para que lo vea la niña de al lado. La otra niña probablemente tiene uno o dos años más que ella, pero ella siente, totalmente seria sobre su proyecto compartido.

Sarah parece satisfecha con eso. Yo miro alrededor y me maravillo porque todos los niños se están comportando.

"Esto es muy calmado y organizado para ser un proyecto de biblioteca de papel maché", digo, acercándome a Larkin. "Yo pensé que estaríamos entrando en una zona de guerra."

Larkin se ríe. "Ya he organizado algunos proyectos de arte. Creo que siempre y cuando yo esté callada y sea respetuosa de la biblioteca, los niños lo serán también. Además, también les prometí que les daría un bocadillo después si se comportaban bien."

Ella me guiñó el ojo. Yo me río. "¿Así que los sobornaste?"

"Sí. ¡Pero mira los resultados!" dice ella. "Valió la pena."

Yo sacudo mi cabeza, pero estoy de acuerdo. Me doy cuenta de que Larkin es buena con los niños. No solo con Sarah, sino con los niños en general.

"Muy impresionante", digo. Otra bibliotecaria se acerca, una morena un poco mayor.

"¿Quieres intercambiar por un rato?" pregunta la otra bibliotecaria. "Acabo de volver a clasificar y ordenar los libros tanto como pude."

Larkin mira a Sarah, ella está totalmente involucrada en su trabajo de romper el papel periódico. "Okay, Barb."

Ella le entrega el mando a Barb y me mira disculpándose.

"Lo siento, tengo que ir al otro lado de la biblioteca por un rato."

"Tal vez pueda ir a hacerte compañía", digo. "Déjame preguntarle a Sarah."

Yo camino hacia la mesa y me agacho al lado de Sarah. "Hey. No me iré, pero voy a estar por ahí en los estantes. Si me necesitas, ahí me puedes encontrar. ¿Okay?"

"kay", dice Sarah, sus cejas fruncidas por el pedazo grande de papel periódico que está rompiendo. Aparentemente ni siquiera soy una preocupación.

Yo me levanto y veo que Larkin ya se fue. Camino por el borde de los estantes, buscándola entre ellos. Veo un poco de esmeralda y giro una esquina para encontrarla clasificando libros. Ella mueve un carrito de libros, luego se detiene y encuentra el lugar adecuado para cada libro.

"Hey", digo. Ella gira hacia mí con una sonrisa. Yo intento bromear, "¿Qué hace una mujer hermosa como tú en un lugar como este?"

Larkin se pone roja como un tomate y baja su cabeza. "Eres absolutamente terrible, Charlie. Pero aprecio que hayas intentado hacer una broma. Nunca te había escuchado intentar ser gracioso."

Me gusta que mis palabras la hayan hecho sonrojar. Una risa sale de mi estómago. "Mi sentido del humor está un poco oxidado. Te acepto eso."

"Lo estás intentando. A pasos de bebé." Ella me da una mirada traviesa, luego se voltea para buscar el lugar de un libro en un estante alto. El silencio se alarga por un minuto.

Yo busco algo que decir.

"Mi empleador me llamó esta semana. Me ofrecieron un ascenso", es todo lo que se me ocurre.

"¿Oh?" dice Larkin.

"Sí. Todavía tengo un tiempo para decidir. Pero la paga es muy buena. Lo malo es que tendría que mudarme más cerca de Nueva York para estar cerca de la base central."

Ella pausa con su mano en el estante. "¿En serio?"

"Sip, pero no lo sé... digo, me acabo de mudar aquí para que Sarah esté cerca de sus abuelos." Yo me encojo de hombros. "Ella se ha vuelto muy cerca a Rosa, la esposa de mi padre."

Y a ti, pienso yo, pero me trago eso.

"Yo lo haría si tuviera la oportunidad. Lo aprovecharía", dijo ella lentamente. Ella coloca otro libro en el estante.

"¿Te mudarías a una gran ciudad?"

"Me mudaría a Nueva York. Es mi ciudad soñada. Además, aparentemente todos los escritores y editores viven ahí."

Yo ladeo mi cabeza, inclinándome contra uno de los estantes. "¿Eres una escritora?"

Ella se sonroja de nuevo. "No, no en realidad. Pero quiero ser una."

"¿Sobre qué escribirías?" pregunto yo.

"Bueno, he estado trabajando en una novela por un año."

"¿Sobre...?" pregunto yo.

"Uhhh, ya sabes", dice ella, colocando un mechón de cabello detrás de su oreja. "Una familia y su granja. Estoy intentando hacer algo al estilo de Isabel Allende, mostrar tres generaciones."

"No tengo idea quién es esa autora, pero estoy seguro de que es genial." Yo sonrío.

"Oh, ¡es genial! Ella escribe unos dramas épicos. Tiene un ojo para los detalles y sabe cómo entrelazarlos para crear una historia. Ella es..." Ella tiembla y se ríe. "Sí, definitivamente es mi ídolo."

"Así que... ¿estás planeando mudarte a Nueva York en algún momento?"

"Sip. Una vez arregle la casa me iré de aquí." Ella mueve sus cejas. "Asumiendo que termine mi libro para entonces, por supuesto."

"Suena a que tienes bien puestas tus prioridades." Ella empuja el carrito en mi dirección y yo me salgo del camino.

"Es bueno tener objetivos directos y palpables para ti mismo", dice ella, escogiendo el próximo libro y leyendo el título. "Algo sobre lo que soñar, algo por lo cual trabajar."

"Hmm", es todo lo que puedo decir. Pero por dentro, yo me pregunto si tengo objetivos o sueños. Parece que por los últimos dos años, todo se desvió por la muerte inesperada de Britta.

Siento una punzada; pensar en el final de Britta sigue siendo muy doloroso. Pero puedo ver una luz al final del largo túnel en el que me metió su muerte... y como consecuencia, puedo mirar atrás y ver lo asquerosamente depresivo que estuve.

Fue un camino cuesta arriba que parecía interminable.

¿Pero ahora? Ahora no parece imposible.

Yo miro a Larkin y trago. Puede haber una razón para sentir una esperanza de nuevo. *Ella* podría ser la razón, la luz al final de mi túnel.

Aunque no puedo admitirlo en voz alta, he permitido que Larkin se meta en mi piel. Eso no puedo negarlo.

Yo respiro hondo y exhalo lentamente. Me estoy permitiendo que me distraiga. ¿De qué estaba pensando al comienzo?

Ah. Un objetivo. Porque Larkin tiene razón. Si estoy vivo y tengo todos mis sentidos, necesito un plan y un resultado deseado.

Y solo pasar el tiempo y pensar cómo son las bragas de Larkin no cuenta, aunque eso satisface una parte de hombre de mi ser.

Larkin mueve el carrito por la esquina y se dirige al próximo pasillo. Yo la sigo como un cachorro perdido, porque no sé qué otra cosa hacer.

14

LARKIN

"¡Mira lo que tengo!" digo, sosteniendo una cesta de picnic mientras Charlie abre la puerta. Él me mira con gracia, su cabello es un desastre. Noto que no está usando una camiseta, solo unos pantalones de pijama.

Me toma todo mi esfuerzo no mirar sus pectorales cincelados, contar cada uno de sus abdominales y darle una tocada. Digo, yo sabía que él valía la pena, pero esto...

Esto me dejo con la lengua enredada. Él parpadea por la luz del sol y cubre sus ojos.

"Uhhh... no lo sé, ¿qué?"

Él parece un poco confundido. Yo llevo mi mirada a su cara y me prometo a mí misma que no voy a babear porque tiene un 'camino a la felicidad' perfecto. Comienza desde debajo de su ombligo y desaparece debajo de su cintura.

Me siento hormonal, como si pudiera romperle sus pantalones y aprovecharme de él. Por supuesto, solo mido metro cincuenta... probablemente sea estúpido pensar que pueda romper sus pantalones sin una pelea.

"Un picnic", digo, mirándolo de forma graciosa. "Por eso la cesta de picnic. Está bonito aquí afuera, pensé que tú y Sarah disfrutarían de ir al parque. Incluso podríamos colocar una manta..."

Yo levanto la manta azul que traje. Me doy cuenta de que mis ojos bajan de nuevo y subo la mirada.

Él arruga su nariz. "Rosa vino a llevar a Sarah a la fábrica de queso de Tillamook. Ambas se fueron todo el día."

"Oh." Yo bajo mi cesta y pongo una cara de decepción. "Qué mala suerte. Yo ya preparé los sándwiches, una botella de vino y todo."

Él me mira por un largo segundo. Puedo ver varios cálculos detrás de su mirada distraída. Es más que tentador dejar estos juegos y pedirle que vayamos a la cama.

Me sonrojo con solo pensarlo, así que es poco probable que suceda.

"Uhhh... yo todavía puedo ir", ofrece él. "Claro, si tú quieres."

Mis cejas se arquean. "¿Tú quieres?"

"Sí", dice él, volteándose para mirar detrás. "Dame un par de minutos para vestirme, ¿okay? Luego iremos."

"¡Claro!" digo con más entusiasmo del que debería.

Él me mira confundido y luego cierra la puerta.

Buen trabajo, me digo a mí misma y pongo mis ojos en blanco. *Definitivamente lo estás haciendo bien intentando ocultar tu atracción con entusiasmo.*

Yo me siento en los escalones el porche del frente, extiendo mi falda verde oliva ampliamente y me digo a mí misma que me calme. Cumpliendo su palabra, Charlie sale unos minutos después, vestido en su usual color negro de pie a cabeza.

Él se sube la cremallera de su sudadera. "¿Lista?"

"Tan lista como puedo estarlo", respondo yo con una voz cantarina.

Él me mira. "Estás extraña hoy."

Yo muerdo mi lengua. Porque él tiene más que razón... y es su culpa. Él respondió la puerta sin camiseta y ahora yo estoy sin poder hablar o demasiado ansiosa.

"¿Dónde tenías planeado ir?" dice él, saliendo del porche.

"En realidad estaba pensando que como no tenemos a Sarah con nosotros, podríamos ir más allá del patio trasero", dije y use mi pulgar para señalarle la dirección. "No es una excursión o algo así, pero creo que Sarah es muy joven para ir allí."

"Lidera el camino, su majestad", dice él inclinando su cabeza.

Yo lo llevo alrededor de la casa vieja, dentro del largo césped y detrás de la propiedad. Estoy usando un par de Converse rojo sangre; resaltan bastante contra el suelo rocoso mientras me dirijo hacia los arbustos de bajo nivel.

"Ni siquiera vamos a avanzar por cinco minutos", le aseguro. Yo volteo y encuentro su mirada fija en mi trasero. Me pongo rosada.

Quizás no soy la única tentada por la carne.

La cesta de picnic se vuelve más pesada en mi brazo mientras avanzo. Me detengo para cambiar de brazos, pero Charlie tiene ideas diferentes. Él toca mi brazo y me quita la cesta. Me queda picando el lugar donde me tocó y sostengo la manta azul como si fuera mi salvavidas.

"¿Qué empacaste aquí?" pregunta él en tono bromista.

"Solo lo esencial", le aseguro. "Y ladrillos."

Él me sonríe y yo me derrito un poco por dentro. Él nunca ha sonreído tanto en mi presencia, eso es seguro.

Vamos cuesta arriba, los árboles nos rodean. El sonido del agua llena mis sentidos; el aire está lleno del aroma del ozono, como justo cuando deja de llover. De repente el suelo se nivela y llegamos a una orilla del río cubierta por el sol.

"Guau", dice Charlie, mirando la hermosa orilla ante nosotros. Él se mueve adelante y mira el río. "Bien. Parece una corriente ahora, pero apuesto que al final de la primavera es más grande."

"Exactamente, así es", digo. Avanzo y pongo la manta, luego

me siento cruzada de piernas. El suelo es duro, pero el día es tan bonito que estoy dispuesta a olvidarlo.

Charlie mira alrededor por un segundo.

"Esto es bonito. Debe ser genial haber crecido con un lugar así en tu patio trasero." Él se acerca y baja la cesta de picnic, luego se sienta a mi lado. Estamos tan cerca que nuestras rodillas se tocan.

"Mmm, hubiera sido lindo si hubiera tenido a alguien más como mi madre. Yo me escapé aquí una vez cuando tenía doce para encontrarme con varios niños de la escuela. Mi madre enloqueció y llamó a la policía cuando se enteró que no estaba en la casa. Regresé a casa para encontrar el lugar lleno de policías..." Yo sacudo mi cabeza. "Y mi mamá utilizó esa excusa para castigarme por tres meses."

"¿Tres meses? Jesús. Eso es demasiado."

Yo asiento, me estiro hacia la cesta para comenzar a desempacar. Saco primero los sándwiches y los pedazos de manzana y los pongo en la manta.

"Ella dijo que no iba a estar asociándome bajo su techo." Yo pongo mis ojos en blanco. "No entendí lo que dijo por años."

Yo saqué una botella de Pinot Noir de Oregón y dos vasos de plástico. Muevo mis cejas a Charlie, él se ríe y toma la botella de vino. Él le quita la envoltura, luego usa el sacacorchos que le doy para destapar la botella.

"Está bien", dijo él, colocando los vasos y sirviendo un poco en cada una. "El primer brindis es para disfrutar este lugar sin repercusiones. Toma esa, Ruth la Grande."

Él me da un vaso y los chocamos. Yo tomo un trago, el vino es muy afrutado y tiene un aroma agradable, siento cerezas y moras prácticamente saltando en mi lengua.

"Mmm", murmuro yo. "Un buen Pinot Noir de Oregón siempre es tan refrescante."

Él asiente y bebe de su vino. "Ha pasado una eternidad desde que tomé vino tinto."

"Pero hoy es el día perfecto para eso, ¿no lo crees?"

pregunto yo, inclinándome en mis codos. "Tenemos la luz del sol, tenemos las plantas y los árboles, tenemos el río..."

Yo tomo otro trago y un poco de vino cae por mi barbilla. "Oops", digo, avergonzada.

Y no es como si él no lo hubiera notado o algo así; sus ojos están en mi boca. Yo comienzo a limpiar el vino con mi mano.

Él me detiene y agarra mi mano. Hay un momento en el que nuestros ojos se encuentran, marrones con verdes. Su mirada es intensa, llena de deseo y un millón de emociones que no puedo nombrar.

Luego él baja su cabeza hacia la mía. Mi boca se abre anticipando su beso. Puedo sentir su aliento sobre mis labios y mi cuerpo se pone tieso.

Él presiona sus labios cálidos en mi boca. Yo suspiro por el beso, abro mi boca y lo permito ingresar. Nuestras lenguas se encuentran, bailan de una forma que parece familiar y totalmente nueva.

Nuestros labios, lenguas y dientes se buscan entre ellos. Él toma el control, me rodea con su brazo y me acerca. Yo me estiro y agarro su sudadera con el puño, estabilizándome.

Charlie muerde mi labio inferior con sus dientes y yo gruño. Cada nervio se siente de repente más vivo que antes. Es como si mis sentidos estuvieran coordinados con los suyos. Él toma mi barbilla, gira mi cabeza y pasa sus labios por la columna de mi garganta. Sus besos queman como marcas.

Así me siento, siendo tocada por él, como si estuviera siendo marcada por siempre, marcada como suya. Yo subo mis dedos, siento su mandíbula y el cabello corto en su nuca. Beso su mejilla, su mandíbula, su oído.

Solo entonces él hace un ruido profundo desde su pecho. Él me sorprende alejándose, pero solo se quita la sudadera. Atrapada en el momento, yo me quito mi cárdigan. Los músculos de sus bíceps se flexionan; me doy cuenta de que tiene un tatuaje en la parte interna de su brazo, pero su camiseta está en el camino. Solo puedo ver el comienzo de unas hojas.

Quiero verlo descubierto de nuevo. La idea de ver sus brazos y abdominales me hace salivar un poco. Demonios, quiero verlo desnudo.

Muerdo mi labio y me sonrojo con la idea, pero no es algo imposible. Después de todo, nos estamos besando ahora mismo.

Él me coloca en su regazo. Yo me volteo y lo miro, empujándolo hacia atrás para colocarme encima. Se siente demasiado bien, abro mi falda y presiono mi vagina contra él a través de mis bragas y la tela de sus jeans.

Puedo sentir su pene, largo y duro. El tamaño me hace gemir en voz alta, imagino cómo se sentiría tenerlo dentro. Él se inclina y captura mi boca con la suya, sacudiéndose ligeramente. El movimiento envía una chispa de placer directo a mi núcleo.

Siento que mis bragas comienzan a empaparse con mis jugos.

"Ahhh", gimo yo. "Oh dios, eso se siente bien."

Yo comienzo a moverme de adelante hacia atrás, besándolo y sintiendo la fricción de nuestros cuerpos. Charlie gruñe suavemente, él libera mi camisa desde la cintura de mi falda. La sube por encima de mi cabeza lentamente, dejando mi sujetador rosado a la vista.

"Demonios", murmura él, enterrando su cara entre mis pechos.

Él besa su camino hacia mi clavícula, luego juega con cada uno de mis pechos, pasando su lengua sobre mi piel cerca donde se encuentra mi sujetador.

Yo gimo, necesitando más que eso. Él se aleja, me mira a los ojos mientras baja lentamente las tiras de mi sujetador. Yo estiro detrás de mí y desabrocho mi sujetador, ansioso de sentir su lengua en cada centímetro de mi piel.

"Demonios", dice él de nuevo y arquea sus cejas. "Dios, eres tan hermosa, Larkin."

Lentamente, con pasión e intensidad, él toma mi pezón en

su boca. Yo jadeo. Él lo muerde y luego lo besa, luego mete gran parte de mi pecho en su boca y lo chupa.

Yo comienzo a moverme de nuevo y él coloca una mano en la parte baja de mi espalda, alentándome. Mi vagina está húmeda de deseo, lista para él.

Yo nunca he deseo algo tanto como deseo a Charlie ahora mismo.

Mis manos van al borde de su camiseta, la sostienen y exponen sus abdominales. Él se quita su camiseta y me da acceso a su piel suave y a sus músculos perfectamente formados. Mis ojos se abren mientras exploran los valles y surcos de su cuerpo cincelado.

"Jesús", digo en voz alta.

Él besa mi hombro y mi clavícula. Yo me siento sucia cuando me estiro hacia la cremallera de sus pantalones, desabotonándolo y mostrando la tela negra de su bóxer. Charlie gruñe cuando yo agarro gentilmente su largo y glorioso pene a través de su ropa interior.

Me encuentro maravillándome si entrara en mi núcleo. *Solo hay una forma de averiguarlo, ¿cierto?*

Mientras comienzo a sacarle su bóxer, un sonido fuerte suena detrás de mí. Sin dudarlo, los brazos de Charlie me rodean y me protegen.

Tres chicos de la escuela media vienen galopando por el camino, se chocan entre ellos cuando nos ven. Yo los reconozco, aunque no sé sus nombres.

Pero ellos me reconocen a la vista. Se quedan boquiabiertos al verme, mientras Charlie lucha por encontrar su sudadera y colocarla sobre mis hombros. Yo me pongo totalmente roja, cada vez más humillada.

"¿Señorita Lake?" pregunta uno de los chicos.

"Tenemos que salir de aquí", dijo otro chico, golpeando a los otros en los brazos.

"Pero..." dice el primer chico.

"¡Salgan de aquí!" Charlie les grita.

Ellos se giran y huyen, ya se estaban riendo entre ellos.

"Oh dios mío", susurro yo, colocando mi camiseta. Me alejo de Charlie y agarro mi ropa. "Oh dios mío, ¿qué estaba pensando?"

Estoy fuera de control, pensando lo que sucederá si esos chicos les dicen a sus padres. ¿Cómo podía haber sido tan estúpida. Estoy preocupada por mí misma, por mi carrera.

Solo cuando estoy totalmente vestida es que veo a Charlie, él luce completamente destruido.

"Oh, Charlie, no quise..." Yo comienzo, pero él me detiene sacudiendo su cabeza.

"No, tienes razón", dice él. La mirada en sus ojos está determinada. "Fue un error."

"Charlie, no creo que sea cierto", discuto yo, levantando los sándwiches y los pedazos de manzana.

"No me importa lo que pienses", dice él, lucía enojado. "Cometí un error. No sucederá de nuevo."

Él me mira, sus ojos verdes me dejan tiesa. Los cabellos en mi nuca comienzan a levantarse. No puedo decirle nada en ese momento, sabiendo que él piensa que tocarme y besarme fue un error.

¿Cuántas veces cometeré el mismo error? Me pregunto.

"Bien", dije finalmente. "Lo que tú digas."

Él se voltea y sale del claro, dejándome para limpiar el desastre que hicimos... física y emocionalmente.

15

CHARLIE

Tengo que disculparme con Larkin por haber sido tan duro, pienso yo.

Yo muevo un bolígrafo entre mis dedos de forma ociosa y me recuesto en mi silla de escritorio. La casa está en silencio porque Sarah sigue durmiendo. He estado sentado en mi escritorio Ikea intentando concentrarme, pero no puedo.

No, solo puedo pensar en Larkin. En su sonrisa, algunas veces tímida, otras veces radiante. En su cabello, la forma en que lo amarra tan perfecto, la forma en que queda perfecto en su hombro. En la forma en que sus ojos se abrieron cuando le hablé mal en el claro antes de largarme.

Yo suspiro.

Tengo que disculparme con ella por comenzar algo que sabía que no podía terminar. Sin importar lo mucho que lo deseara.

Y al menos puedo admitírmelo, la deseaba demasiado.

Yo le di dos días para que se calmara, algo que quizás no haya sido lo adecuado. Si hubiera hecho lo que de verdad deseaba, yo hubiera derribado su puerta y le hubiera hecho el amor ahí mismo.

Pero una parte de mí sí pensaba. Una parte de mí sabía que

soy un desastre emocional, un huracán y un tornado enredados en mi propia mierda y oscuridad.

No puedo afectarla con eso. No lo haré. Ella merece algo mucho mejor que yo, una cáscara de ser humano.

Pero igual la quiero en mi vida. Sé que es egoísta que quiera eso, esperar que vuelva a ser perdonado. Pero así estoy hoy.

"¿Papi?" escucho yo ligeramente.

Supongo que Sarah está levantada. Me levanto y subo, la encuentro levantada en su corral. Ella sigue con sueño y su cabello es un desastre.

"Hey, tú." Yo voy a levantarla. Me doy cuenta de que ya es casi demasiado grande para su corral. Tendré que buscar una cama más grande pronto. La sostengo por un segundo, estoy un poco triste de que los últimos dos años hayan pasado tan rápido.

"¿Tarta?" pregunta ella, recostando su cabeza en mi hombro.

"¿Tienes hambre de un bocadillo?" le pregunto.

Sarah asiente, totalmente cansada. Yo bajo con ella, inseguro de lo que tenemos en el refrigerador. Voy a la cocina y la siento en el mostrador de la cocina mientras abro el refrigerador.

"Es un pueblo fantasma aquí", le digo y examino las gavetas vacías. "Solo condimentos. No quieres mostaza y mayonesa, ¿cierto?"

Yo miro a Sarah. Ella sacude su cabeza extremadamente seria.

"Está bien. Entonces tenemos que ir a Dot's Diner", digo. "Primero comemos y luego vamos a la tienda."

Después de vestirnos a ambos, yo salgo. Veo el auto de Larkin; supongo que debe estar en casa. Al bajar los pasos del frente, yo giro hacia su puerta.

Ahora sería el momento perfecto para disculparme, ya que Larkin no puede estar muy enojada conmigo en frente de

Sarah. Bueno, ella puede estar enojada si quiere, pero nunca actuaría de esa forma en frente de Sarah.

Quiero creer que soy mejor que eso, que no hay forma de que vaya a usar a mi hija de esa forma... pero sé que no lo soy. Mis pies se están moviendo hacia su puerta antes de haberme decidido.

Yo toco su puerta y toda la manada de animales comienzan a ladrar. Ella viene a la puerta y los espanta.

"Chicos", la escucho quejarse.

Ella abre la puerta y su expresión se endurece. Puedo sentir que si Sarah no estuviera aquí, ella tuviera algunas palabras especiales que decirme.

"Lake", dice Sarah, abriendo sus brazos. Me quedo aturdido por un segundo. Sarah nunca ha escogido ser cargada por alguien más mientras yo estoy presente.

"Hey, Sarah", dice Larkin, su expresión suavizándose. Ella aprieta la pierna de Sarah, tiene cuidado de no tocarme.

Es justo. Merezco eso y algo mucho peor.

"Vine a disculparme", digo.

Larkin me mira. "¿Exactamente por qué?"

"Por varias cosas. ¿podrías venir con nosotros al comedor y permitir que te compre una cena temprana?" digo, agarrando a Sarah en mis brazos. "Siento que necesito explicarme."

"¡Tarta!" dice Sarah. "¡Tarta grande."

Larkin muerde su labio, me mira a mí y luego a Sarah.

"¿Por favor?" pido yo.

"Po favo", dice Sarah.

Ella duda por otro segundo y luego se rinde. "Okay. Déjame buscar una chaqueta."

Ella cierra la puerta y vuelve a salir medio minuto después. "Está bien. Vamos."

"¿Cargar?" Sarah le pide a Larkin y vuelve a estirar sus brazos.

Esta vez Larkin me la quita. "Vamos."

Comenzamos a caminar, aunque yo marco el ritmo y

prefiero caminar lento. Meto mis manos en los bolsillos de mi sudadera.

"Lamento mucho cómo me comporté el otro día", digo con timidez. "Digo... no debería haberme ido de esa forma. Después de regresar a casa y calmarme un poco, me sentí mal por haberte dejado ahí."

Sus cejas se elevan. "¿En serio?"

Yo bajo mi voz y se convierte en casi un susurro, soy consciente de las personas que caminan en la plaza. "Me sentí mal porque sigo permitiendo que suceda. El... nuestros encuentros, digo. Debería haberlo pensado mejor. Debería saber que no estoy en el estado mental adecuado para besar a alguien."

Yo la veo mordiendo su labio inferior. Ella acomoda a Sarah en su cintura y luego respira hondo.

"Te disculpo, supongo", dice ella encogiéndose de hombros. "Si yo hubiera sabido..."

"No, no", interrumpo yo y sacudo mi cabeza. "No eres responsable por saber e interpretar mis estados de ánimo."

Ella me mira de reojo. "¿Puedo... preguntarte algo?"

"Lo que sea", digo.

Larkin respira hondo. "¿Crees... crees que algún día estarás... listo?"

Yo me detengo, sorprendido. "¿Para la intimidad?"

Ella asiente y sus mejillas se vuelven rosadas. Ella desvía la mirada.

"¿Honestamente? No lo sé. Pensé... pensé que estaba listo. Pero de repente no lo estaba. Soy un desastre", digo y sacudo mi cabeza. Comenzamos a caminar de nuevo. "Si me hubiera conocido en un mejor momento en mi vida, las cosas serían diferentes. Espero que lo sepas."

Larkin está mirando a la distancia, su cabeza está viendo a otro lado. "Claro", murmura ella.

Demonios, si no puedo mirar su cara, no puedo saber su reacción.

"Hey", digo, colocando mi mano en su brazo.

Ella se aleja y me mira como si ella fuera un animal herido. Hay lágrimas apareciendo en sus ojos. "No me toques."

"Lo siento", digo, levantando mis manos. "Yo solo..."

"¡Cambiemos el tema!" dice ella, exasperada. "Estoy cansada de ser yo la del amor no correspondido."

¿Amor? Ese es un sentimiento fuerte. Ella se sonroja de nuevo mientras yo pienso qué decir.

Larkin acelera el paso y ahora le habla a Sarah. "¿Hey, leíste más de El principito?"

Sarah sacude su cabeza. "No."

"Tienes que hacer que tu papi te lea. Quizás te lo lea esta noche antes de dormir."

Sarah lo considera. "Sí."

Larkin se ríe. "No suenas muy emocionada por eso."

Ya nos estamos acercando a Dot's Diner, estamos cerca de su fachada color verde menta. Noto a una mujer alta y delgada acercándose, sus gafas negras ocultan gran parte de su cara y su cabello está todo envuelto en una bufanda roja. Tengo una sensación extraña de deja vu, pero no logro recordar. Mis sentidos arácnidos están sonando, los mismos en los que solía confiar mucho durante mi tiempo en el ejército.

No puedo evitarlo; no puedo ver los ojos de la mujer a la distancia, pero puedo sentir su animosidad. Yo me estiro y estiro mi brazo de forma protectora en frente de Larkin y Sarah.

"Qué..." comienza Larkin.

"¡¡Cómo MIERDA te atreves!!" dice la mujer con un bramido y se quita las gafas.

Mierda. Sin las gafas puedo reconocer a Helen. Ahora luce enojada, eso no me hace querer bajar mi brazo de en frente de las chicas.

"Helen..." digo, esperando lograr calmarla. "No te reconocí."

"Y una mierda", responde ella. Ella mira a Larkin. "Dame a mi nieta, puta."

"No", digo de inmediato, parándome en frente de Larkin. "Y cuide como habla en frente de Sarah, Sra. Henry."

Lo juro, puedo verla comenzando a explotar. Helen lanza sus gafas al suelo y saca su teléfono. Ella comienza a grabarnos, a mí, a Larkin y a Sarah.

"Yo vine a consolarlos a ambos hoy, el día del cumpleaños de mi hija", grita ella, escupiendo saliva. "¿Y qué encuentro? Nadie está recordando a Britta. A nadie le importa. Mi hermosa Britta fue olvidada y te encuentro aquí, probando a su reemplazo."

¿Qué día es hoy? Me pregunto. *¿Ya es 1^{ero} de julio?*

Al mismo tiempo estoy furioso. Estoy furioso porque Helen piensa que no recuerdo a Britta, que no agonizo cada día feriado o fecha especial que teníamos. Furioso de que esté enfrentándome en frente de mi vecina y mi bebé.

Yo estoy doblemente furioso porque ella siente que tiene derecho a decir algo. Britta y Helen no eran cercanas; el que me siga haciendo miserable no va a cambiar eso.

"Helen, baja el teléfono", le advierto. "¿Larkin, por qué no vas con Sarah y se sientan dentro?"

Larkin se voltea al instante y entra, eso enoja incluso más a Helen. Ella se lanza sobre Larkin. "¡Dame a mi nieta!"

Yo me paro entre ellas y causo que Helen me choque a toda velocidad. Gruño por el impacto, pero Helen rebota y cae al piso. Larkin avanza más rápido y entra en el comedor.

Yo armo mis puños e intento mantener calmado mi humor. Ella me mira, hirviendo de ira. "No puedes hacer eso. No puedes alejarla de mí."

"Y tú no puedes venir cuando quieras, maldiciendo y gritando", digo, apretando los dientes. "Cuando te comportes como una abuela, ahí podremos hablar para que veas a Sarah."

Helen se levanta lentamente. "Vas a arrepentirte de esto, Charlie."

Yo suelto una risa. "Okay, Helen. Lo que tú digas. Llámame cuando quieras disculparte."

Con eso, yo le doy la espalda y entro en el comedor. Ella se va furiosa, seguramente hacia su auto.

Yo me siento en la cabina opuesta a Sarah y Larkin y sonrío sombríamente. Pero mis ojos no dejan de mirar a través de la ventana enorme de vidrio y mis cejas están fruncidas.

Porque aunque Helen está loca y dolida, su punto es válido.

¿Estoy olvidando a Britta?

Hace tres meses hubiera dicho que absolutamente no. Yo miro a Larkin, ella está hablando con Sarah, aunque ella está hablando principalmente sola.

Yo frunzo el ceño. Hoy no estoy seguro.

16

CHARLIE

Estoy parada en la tienda, en el mostrador de la pastelería. Miro la amplia exhibición de la pastelería con duda. Hay todo tipo de pasteles, varias bandejas de galletas ordenadas artísticamente y bandejas de cupcakes. *¿Cuál es el postre apropiado para llevar a una cena del domingo?*

"¿Qué piensas?" le pregunto a Sarah que está a mi lado. "¿Crees que al abuelo y a Rosa le gustará la tarta de zarzamora o el pastel de chocolate?"

Ella ladea su cabeza, pero no responde.

"No eres de mucha ayuda." Yo sigo viendo el cartel.

Una empleada se acerca, está atando su cabello en un pañuelo. "¿Puedo ayudarlo?"

"Sí", digo, escaneando los pasteles. "¿Te gusta más el pastel de selva negra o... qué es eso?"

Yo señalo un pastel de glaseado blanco hermosamente decorado, tenía fresas ordenadas en círculos perfectos y concéntricos encima.

"Ese es nuestro pastel de vainilla y fresas. Hay muchas fresas en el glaseado y es delicioso", dice ella.

Yo miro las dos opciones y no puedo decidir.

"¡Lake!" dice Sarah y corre hacia la entrada de la tienda con sus pequeñas piernas.

Yo maldigo en voz baja y la persigo. La alcanzo después de unos pasos y la agarro entre mis brazos.

"¿Dónde vas?" pregunto yo. Ella chilla disgustada.

Larkin entra por la puerta del frente de la tienda sin prestarnos atención. Sarah debió haberla visto afuera. Yo trago al verla. Larkin está totalmente hermosa en su vestido verde menta y un cárdigan gris claro.

"¡Lake!" grita Sarah y obtiene la atención de Larkin.

Larkin levanta la mirada y nos mira. Ella nos dedica esa sonrisa amplia y sus ojos se achican. Mi estómago da una voltereta al ver su figura acercándose.

"¡Hey!" dice ella, subiendo sus gafas de sol hacia su cabello rubio. "¿Qué están haciendo?"

"Vamos a ir a la casa de mi papá para la cena del domingo. Mi papá y Rosa me han pedido que lleve a Sarah cuatro o cinco veces. Supongo que me convencieron finalmente."

"¿Oh, eso funciona contigo? Bueno saberlo", dice Larkin con un guiño.

"Ja Ja Ja", digo. "Muy gracioso."

"Lo intento."

Se me ocurre que estoy por ir a ver a mi familia y a un montón de extraños, una actividad que solo puede ser mejorada con la presencia de Larkin.

"Hey, sabes... vamos a ir a esta cosa ahora. Podrías venir si quieres. ¿Me haces compañía?"

Ella se pone rosada. "¿En la casa de tu papá?"

"Sí, pero van a haber un montón de personas que no he conocido", explico yo. "Me estarías haciendo un favor."

"Uhhh..." dice ella, mirando su reloj. "Tengo que ir a cama temprano para despertarme súper temprano mañana... pero como son solo las cuatro, supongo que no hay problema."

Yo le sonrío. "Probablemente no te arrepentirás. Probablemente."

Larkin se ríe. "Qué tranquilizador."

"Lo intento", contesto yo. "Ahora solo tengo que escoger un postre para llevar. ¿Qué piensas, vainilla y fresas y selva negra?"

"Selva negra", dice ella automáticamente. "No hay que pensar mucho con el chocolate."

"¿Te puedo mantener cerca para que tomes todas las decisiones por mí?" bromeo yo.

"Probablemente", dice ella encogiéndose de hombros.

"Vamos, ven con nosotros a la pastelería", digo con una risa.

Escogemos un pastel y luego nos subimos a mi auto y nos dirigimos a la casa de mi padre. Cuando me estaciono afuera, me sorprendo al notar que la casa ha sido renovada. No solo eso, pero el correo caído y el hierro gastado fueron reemplazados.

Salgo del auto y saco a Sarah fuera de su asiento. Larkin agarra el pastel. Todos comenzamos a cruzar el patio. Rosa sale, está vestida de pie a cabeza en un amarillo brillante. Ella sonríe de oreja a oreja.

"¡Vinieron!" dice ella. "¿Oh, quién es tu amiga?"

Yo sostengo a Sarah con un brazo y pongo mi mano libre en la espalda baja de Larkin. "Ella es Larkin, nuestra vecina. Larkin, ella es Rosa."

Larkin avanza y extiende su mano. "Hola."

"Hola", dice Rosa con una sonrisa. "¿Y qué hay de mi Sarah?"

"¡Hola!" canta Sarah y le abre sus brazos a Rosa.

Yo se la entrego y Rosa se pone feliz. "Maravilloso. Vengan, ya tenemos seis invitados, Jax y tu padre."

Yo miro a Larkin y ella me mira con un guiño.

"Vamos", me anima ella.

Yo respiro hondo y luego sigo a Rosa, sosteniéndole la puerta a Larkin. Cuando entramos me quedo en shock al ver a tantas personas en la pequeña casa de mi papá. Hay un par de personas sentados en el sofá, pero Rosa los salta y nos lleva a la habitación de yoga. Yo respiro, puedo oler cebollas cocidas, ajo y carne.

En la cocina hay al menos media docena de sartenes cubiertos de aluminio y bandejas. Yo miro a Rosa. "Huele bien."

Ella solo me guiña el ojo.

"¡Charlie!" dice mi papá, volteando y levantando una lata. Él está rodeado de varias personas, incluyendo mi hermano menor Jax. Yo entrecierro mis ojos al ver la lata, pero mi papá sacude su cabeza. "Solo gaseosa dietética."

"Ah", digo.

Dos mujeres flacas en sus cincuenta se me acercan caminando. Se ven completamente igual, desde su caballo gris y rubio hasta sus trajes.

"Hola Charlie", dice una, su voz inesperadamente baja. "Soy Margaret y ella es Mary."

"Tu padre nos lo contó todo sobre ti", dijo la otra, ladeando su cabeza. "Y no te preocupes por nosotras, estamos preparándonos para nuestro próximo maratón de caminata."

"Mucho gusto", digo inquieto. Afortunadamente, Larkin está ahí para absorber la incomodidad.

"¡Soy Larkin!" dice ella. "Cuéntenme sobre esa maratón, si no les importa."

"Vamos a recorrer diez kilómetros para generar consciencia sobre la degeneración macular", dice Margaret.

"Es un tipo de pérdida de visión", dice Mary.

Rosa me toca en el hombro y me lleva hacia dos caballeros hispanos mayores. "Juan y Carlos, él es Charlie. Es el hijo de Dale."

Yo sacudo las manos de Juan y Carlos y asiento. Todos murmuramos hola.

"Trabajan con tu padre en la tienda de hardware", explica Rosa. "Carlos también canta en el coro en nuestra iglesia. ¿Cierto, Carlos?"

Carlos solo inclina su cabeza. Jax se acerca, lleva unos Converse, unos jeans bajos y una camiseta de banda. "Hey, amigo."

Nos abrazamos rápidamente. Cuando se aleja, noto un gran moretón en su brazo. Frunzo el ceño, pero no digo nada. Luego le preguntaré cómo se lo hizo cuando estemos en privado.

Rosa toma el pastel de Larkin y luego llama la atención de todos. "¡Hey, todos! Ahora que todos estamos aquí, vamos a rezar para poder comer."

Jax estira su mano hacia a mí y baja su cabeza con respeto. Yo la tomo y le ofrezco mi mano libre a Larkin. Ella muerde su labio y toma mi mano.

"¿Dale, podrías hacer los honores?" dice Rosa.

Mi papá baja su bebida dietética y toma las manos de Mary y Margaret. "Gracias, Rosa. Me gustaría tomarme un minuto para decir, gracias señor por traer a todos esta noche. Muchas gracias en especial por haber traído a Charlie, a la pequeña Sarah y a la señorita Larkin. Por favor señor, danos tu bendición esta semana, durante la maratón de Margaret y Mary y para la entrevista de trabajo de Jax. Por favor bendícenos y mantennos seguros, siempre en tu nombre. Amén."

"Amén", dicen todos en coro. Jax suelta mi mano, pero Larkin sostiene mi mano por un segundo extra, levanta su mirada y me da un apretón.

De repente estoy agradecido por su presencia.

Todos se mueven hacia la cocina donde Rosa está apresurándose para descubrir platos de pollo asado y brochetas de carne y acompañantes de ensalada, fréjoles y ensalada de pasta.

Me acerco y me ofrezco para carga a Sarah, pero ella solo me dice que no. "Ve a comer. Ella está bien aquí. ¿Cierto, pequeña Sarah?"

Sarah sonríe. Yo me encojo de hombros y regreso al final de la línea y Larkin se me une. "Aquí tienes un plato."

"Gracias", digo. "Y gracias por aceptar venir. Te debo una grande."

"Tonterías." Ella me choca con su hombro. "¿Para qué son los amigos?"

Amigos. ¿Eso es lo que éramos? Definitivamente éramos más que vecinos.

Pero no digo eso en voz alta. En vez de eso, solo le sonrío. Cuando llega nuestro turno, yo lleno mi plato con todo, excepto la ensalada de pasta. Nunca me gustó eso.

"Wow", dice Larkin al mirar mi plato. "Guarda espacio para el postre, ¿okay?"

"No será un problema, confía en mí", digo con una sonrisa.

Ella eleva sus cejas, pero yo tengo razón. Yo limpio mi plato y me como el pecho de pollo que le quedó a ella.

"Acabo de darme cuenta de que nunca te había visto comer antes", dice Larkin mientras nos paramos y comemos. "Es bastante impresionante y también un poco preocupante."

"Eh, corrí ocho kilómetros antes. Ahora estoy listo para el postre."

"Creo que vas a tener que esperar", dice ella y voltea sus ojos un poco.

Entre la cena y el postre soy emboscado por Mary y Margaret. Aparentemente ellas tienen un sobrino nieto que quiere unirse al ejército y quieren una opinión de un veterano sobre si debe unirse o no.

Noto que Larkin se va a un lado a hablar con Rosa. No tengo idea qué están diciendo, pero Larkin sigue sonrojándose y mirando a sus pies.

"¿Qué tal un poco de ese pastel?" dice mi padre llamando a Rosa.

"Sí, sí", dice ella, tocando el brazo de Larkin. "Lo cortaré."

Los hombres se alinean para recibir un pedazo grande y la mayoría de las mujeres declinan. Rosa me corta un pedazo perfecto y yo lo pruebo. Tiene pedazos de chocolate dentro, la torta y el glaseado son deliciosos.

"¿Está bueno?" dice mi padre, viniendo a mi lado.

Mi boca está llena de pastel, así que solo asiento. "Mmmhmmm."

"¿Qué sucede entre esa linda rubia y tú?" dice él, asintiendo a Larkin.

Yo toso y me atoro con mi pastel. Mi papá se estira y me da palmadas en la espalda. En ese momento es el hombre que recuerdo de mi infancia. Yo aclaro mi garganta varias veces.

"Somos... amigos", logro decir finalmente.

Él asiente. "Una muy buena amiga que te conseguiste. La mayoría de amigos no vendría a un evento familiar como hizo ella. Deberías agradecerle."

"Lo hice", dije con el ceño fruncido.

"Mmm", dice él, mirándome con escepticismo. "Rosa quiere que Sarah se quede por la noche. ¿Te parece bien?"

Yo asiento lentamente y mi mirada va hacia Larkin. "Sí, eso funciona."

"Apuesto a que sí", dice mi papá y me da una palmada en el hombro. "Le diré a Rosa."

En poco tiempo me dirijo al lado de Larkin. "¿Estás lista?"

"¡Sip!" dice ella. Sin dejar de lado su tono alegre, ella se inclina para susurrarme, "No puedo escuchar más detalles sobre la degeneración macular."

Yo sonrío. "Okay. Déjame despedirme de mi papá y Rosa y podremos escaparnos de esto."

Después de entregar la mochila de pañales que llevo en mi auto, además de dos cambios de ropa, yo me despido de todos. Larkin y yo salimos a la tarde. El sol ha comenzado a ocultarse.

Veo a Larkin temblar mientras entramos a mi auto. "Colocaré la calefacción", prometo yo.

Unas cuantas gotas de lluvia golpean mi parabrisas, una promesa del clima que vendrá. Yo enciendo mi auto y me saco mi sudadera.

"Toma", digo, pasándosela.

Ella se sonroja y se la coloca, metiendo ambas manos en los brazos. Ella luce adorablemente pequeña en mi chaqueta. "Gracias. Además de la charla sobre degeneración macular, la fiesta fue genial."

Yo sonrío. "Eres demasiado amable para tu propio bien."

Yo acelero y me dirijo a casa. Mientras conducimos, el clima empeora cada vez más.

"Ha pasado un tiempo desde que hubo una tormenta aquí", dice Larkin, mirando por la ventana.

"Bueno, ya comenzó con fuerza. No me sorprendería si recibimos una inundación sorpresa."

"Quizás en algunas de las áreas bajas fuera del pueblo. Nada de lo que tengamos que preocuparnos."

Ella está temblando visiblemente a pesar de que la calefacción está encendida.

"¿Vas a estar bien?" le pregunto yo al mirarla.

"Totalmente." Su tono animado es ocultado por la forma en que se encoje dentro de mi sudadera, intentando mantenerse caliente.

Yo estaciono el auto fuera de nuestros apartamentos y apago el motor.

"Voy a tener que correr", dice ella, mirando sombríamente su casa. Ella comienza a quitarse la sudadera, pero yo sacudo mi cabeza. "Úsala dentro."

"Okay", acepta ella. Larkin duda, quizás dándose cuenta de que cuando abra la puerta, ella tendrá que correr a su casa y yo tendré que ir a la mía. "¿Quieres... quieres un trago?"

Yo respiro hondo. De alguna forma, yo sé que ella me está pidiendo algo más que un trago. Sin embargo, yo no puedo decirle que no.

"Sí", digo asintiendo. "¿Estás lista?"

Ella muerde su labio y me mira a los ojos. Un escalofrío recorre mi columna.

"Sí", dice ella en voz baja.

"Está bien. ¿A las tres?" sugiero yo. Ella asiente. "Uno... dos... tres..."

Yo salgo a la lluvia helada, cierro la puerta de mi auto y corro hacia el porche de Larkin.

17

LARKIN

Yo corro a través de la lluvia helada, aferrándome con desesperación a la sudadera de Charlie. Me protegió al comienzo, pero se puso empapada y helada rápidamente.

Charlie llega primero al porche, sus pasos son pesados y audibles. Yo lo sigo, mi corazón late demasiado rápido. Yo me saco la capucha de la chaqueta de Charlie y saco las llaves.

"Eso fue ridículo", murmuró Charlie. "Fue prácticamente bíblico."

Yo intento no mirarlo mucho tiempo. Con su camisa mojada y su cabello húmedo, él luce como un maldito dios del sexo. Yo abro la puerta, pero estoy temblando. En parte porque me estoy congelando... pero también por los nervios, estoy segura.

Después de todo, Charlie está aquí. Está mojado y me está mirando con cierta expresión...

Yo abro la puerta y todos los perros se acercan. Yo permito que avancen y huelen las manos de Charlie en busca de bocadillos y caricias.

"Vamos", digo, asintiendo dentro. "Tengo toallas y mantas."

"¿Siempre eres así de sacrificada?" pregunta él, llevando los perros adentro.

Yo entro a la parte trasera de la casa temblando.

"¿A qué te refieres?" digo por encima de mi hombro, dirigiéndome hacia el closet de abajo. "Solo espera un segundo en la sala, las toallas están aquí..."

Yo abro el closet y saco una pila de toallas de tamaño humana, luego regreso a la sala. Charlie está parado ahí, totalmente empapado y mojando el piso de la sala. Yo me acerco, bajando la velocidad cuando estoy cerca. Él me mira con sus ojos verdes, estaba meditabundo y tan sexy y solo... Ugh.

Yo lo deseo, creo. Lo deseo demasiado.

De alguna forma me tropiezo y la mitad de las toallas caen hacia él. Charlie se estira para evitar que caiga y me agarra por los hombros.

"¡Ooh!" digo, mi aliento salió como un silbido.

"Tranquila", dice él, estabilizándome. Yo tiemblo de nuevo mientras me pongo derecha y él me mira con una expresión muy seria. "Deberíamos sacarte de esa ropa mojada."

Yo permito que mi cabeza caiga hacia atrás y lo miro. Él me mira, lleva su mano para sacar unos cabellos que están pegados en mi frente.

No me atrevo a respirar. No me atrevo a hablar. Estoy congelada bajo su hermosa mirada verde, esperando que haga su movimiento.

Charlie toma mi mejilla, pasa su pulgar por el borde de mis labios. Él muerde su labio inferior; por primera vez desde que lo conocí, sé sin duda lo que está pensando.

Él me desea.

Yo de repente me pongo de puntillas, llevo mis labios a unos centímetros de los suyos. Miro sus ojos, haciéndole una pregunta sin palabras. ¿Vale la pena?

Casi rogando. Su mirada baja a mis labios. Puedo sentir su aliento en mi boca, su aliento cálido tocando mi piel.

Luego él cierra la distancia y sus ojos expresivos se cierran.

Su boca presiona la mía, cálida y suave. Él me besa sin ningún rastro de la duda que debe sentir. No, su beso es fuerte y dominante y lleno de una pasión revivida.

Él desliza una mano alrededor de mí, haciéndome avanzar el último paso hacia él, mi suave cuerpo toca su dura figura. Mis manos suben a su pecho y agarran su camisa.

Su mano libre comienza a bajar el cierre de la sudadera, quitándolo junto con mi cárdigan. Yo tiemblo por los nervios y por el frío y él lo siente.

Sin decir palabra, él me carga y me sube por las escaleras hacia mi dormitorio. Yo rodeo su cuello con mis manos, me siento tan pequeña y delicada en su agarre.

Él va de inmediato al dormitorio principal, el cual es el que yo utilizo. Dentro, la habitación es muy femenina. La cama está hecha de madera de cedro, cuatro postes con cortinas de tela blanca y un cubrecama de marfil.

Pero él ignora la cama y se dirige al baño. Con solo una bañera, yo no sé lo que él quiere hacer en el baño, pero él me carga hasta la bañera.

Charlie me baja y abre los grifos. Luego procede a desvestirme, quitándome los tirantes de mi vestido. Yo salgo de mis zapatos y lo ayudo con mi vestido; en poco tiempo cae al suelo y me quedo temblando con mi sujetador blanco y mis bragas del mismo color.

El vapor comienza a llenar la habitación, el calor es más que bienvenido. Charlie se arrodilla para quitarse sus Converse y luego me mira.

"He imaginado esto unas cien veces", admite él, su voz llena de pasión. "He pensado en mil escenarios diferentes, posiciones diferentes. Me imaginé cuáles te darían más placer."

Yo tiempo de nuevo, pero esta vez no es por el frío. Yo muerdo mi labio, asustada de hablar y romper el hechizo.

"¿Sabes lo que deseo más que nada ahora mismo?" pregunta él, estirándose y tocando mi cadera.

"¿Qué?" digo, mi voz es apenas un susurro.

"Quitarte tus bragas y tu sujetador y sentarte en el lado de la bañera para mí."

Yo me pongo rosada, pero sé que tengo que hacerlo. Me quito mi sujetador lentamente, exponiendo mis pecho a él, mis pezones rosados endureciéndose por el vapor del aire. Veo que él respira hondo y luego muerde su labio. Es tan sexy cuando lo hace, no creo que sea justo.

Estoy consciente de mi corazón que late desembocado mientras me quito mis bragas y quedo totalmente desnuda. Vulnerable.

"Siéntate", ordena él, sus ojos recorriendo mi piel desnuda. Él podrá seguir arrodillado, pero su orden no deja en duda quién está al mando.

Yo retrocedo y me siento en el borde, abrumada con la duda. Aquí estoy, completamente desnuda y él está completamente vestido. ¿Qué tal si no puedo cumplir su fantasía?

Charlie avanza, se estira para bajar mi boca hacia la suya. Yo entierro mis dedos en su cabello corto y oscuro mientras él invade mi boca, nuestras lenguas danzando juntas.

Siento sus manos en mis rodillas abriéndolas. Me resisto al inicio, hasta que él se detiene por un segundo y murmura, "Relájate, Larkin". Yo lo dejo abrir mis rodillas y le muestro mi vagina.

Espero que vaya directo a ella, pero no lo hace. En vez de eso, él se acerca más, besa mi mandíbula, mi cuello, mi hombro. Paso mis manos por sus fuertes hombros, siento los músculos de su espalda superior mientras se mueven.

Él besa mi pecho derecho, agarra mi piel desnuda y cierra sus labios en mi pezón. Yo echo mi cabeza hacia atrás y gruño mientras él chupa y lame, él usa sus dientes para endurecer mi pezón por completo.

"Mierda", jadeo yo, comenzando a retorcerme hacia él. Siento que mi vagina se humedece y estoy tan caliente como para presionar mi vagina contra su pecho.

Él suelta mi pecho de su boca con un pop ruidoso y besa el

camino hacia mi vagina. Escucho levemente una voz detrás de mi cabeza que dice que Charlie está aquí en realidad, en mi baño y está por comerse mi vagina. ¿Esto es real?

Empujo la voz a un lado mientras Charlie pasa la punta de su lengua por mi clítoris de arriba hacia abajo, excitándome. "Charlie..." le imploro. "Por favor."

Él me besa mi muslo. "¿Por favor qué?"

"Solo... por favor", digo, moviéndome un centímetro. "Ya he esperado por dos meses. No me hagas esperar más."

Él me mira de forma ociosa y besa mi muslo un poco más. Cuando se retira, yo no puedo evitarlo.

"¡Charlie!" me quejo yo.

Pero él me sorprende de nuevo llevándome por la mano hacia el dormitorio. "Necesitamos más espacio", dijo él simplemente.

Yo me dirijo a la cama y él me deja ir. Me vuelvo a sentar,

Él se comienza a desvestir, primero su camiseta negra pegada, mostrando sus pectorales, bíceps y abdominales en una exhibición increíble. Luego sus jeans negros, sus piernas son largas, pero poderosas, cada una es casi del tamaño de mi cuerpo. En poco tiempo queda solo en un bóxer negro empapado...

Y yo puedo estar babeando un poco. Charlie se mueve hacia mí, tan sinuoso y poderoso como un gato de la jungla. Yo me regreso a la cama, pero él me agarra por el tobillo.

"Quédate", ordena él.

Mis ojos se abren; juro que él puede darme órdenes cuando quiera. Él se sube a la cama y se acuesta a mi lado, sus ojos ardiendo como dos marcas de fuego. Yo giro a un lado, usando mi rodilla para intentar ocultar mi desnudez un poco, pero él no lo permite.

"Uh uh", dice él y empuja mi rodilla. "No tienes razón para ocultarte de mí. Eres hermosa, cada centímetro de ti."

Yo me sonrojo y asiento un poco. Él pasa su mano de mi

clavícula hacia mi pecho y luego hasta mi cadera y da un apretón.

"Eres demasiado hermosa, Larkin", me dice él, mirándome a los ojos. "Me vuelves loco, casi todos los días, solo siendo tú misma. Apenas puedo aguantarlo."

No respondo de inmediato. Ni siquiera sabría *cómo* comenzar a responder ese tipo de cumplido. Finalmente, logro decir, "Yo también me siento igual."

Pero Charlie no está escuchando. En vez de eso, él se pone de rodillas y se dobla para besar mi clavícula y la parte por encima de mi pecho. Él besa mi pezón y luego lo chupa en su boca. Su boca está caliente y húmeda y mis caderas se levantan por sí solas.

Mi boca se abre y sale una especie de gemido. Él lava mi pezón con su lengua, luego lo libera. Yo hago un sonido decepcionada, pero Charlie tiene otras preocupaciones. Él sigue besando hasta mi ombligo y abre mis rodillas para tener espacio.

Él me empuja hacia la cama lo más posible, luego encuentra un punto cómodo entre mis piernas. Él levanta una rodilla y pasa besos por el muslo interno.

Yo me retuerzo un poco, aunque sé que lo que viene será increíblemente caliente. Aun así, me siento incómoda en mi propia piel, preocupándome de nuevo que tal vez no podré cumplir su fantasía.

Él usa dos dedos para encontrar mi entrada, comienza a acariciarla lentamente de arriba hacia abajo. Sus dedos se llenan un poco de mis jugos; él se detiene y mete sus dedos en su lengua y hace sonidos de felicidad como si fuera normal.

Yo me sonrojo y me cierro, mis rodillas se unen un poco. Pero luego él abre mis labios inferiores con esos mismos dedos y se inclina y besa mi clítoris.

"¡Oh dios!" digo, entrando en pánico. Se siente tan bien, tan húmedo y caliente, no sé si puedo aguantar este tipo de excitación. Cuando besa mi clítoris de nuevo, moviendo su lengua esta vez y haciendo sonidos de chupar, yo entierro mis dedos en su cabello.

Él comienza a formar ochos con su lengua por un minuto, mientras yo gimo e intento no mover mis caderas contra su cara. Pero no puedo evitarlo después de que cierra sus labios alrededor de mi clítoris y chupa.

"Oh dios, oh dios", repito yo una y otra vez. "Yo... estoy cerca, Charlie."

Él se mueve un poco y comienza a tocar la entrada a mi núcleo con un dedo. Yo tiemblo de emoción y me muevo hacia su boca cuando él introduce un segundo dedo.

Y con el tercero, yo pienso que estoy a punto de explotar. Él está besando mi clítoris y moviendo sus dedos gentilmente dentro y fuera de mi vagina y es demasiado.

Yo hago un sonido gutural, ya casi...

Pero él baja el ritmo y saca sus dedos. Yo abro mis ojos y lo miro.

"¿Qué estás haciendo?" pregunto yo, insegura.

"¿Te puedes correr con la penetración?" pregunta él mientras lame sus dedos.

"Sí", digo.

"Bien. Entonces creo que deberíamos corrernos juntos", dice él y se pone de rodillas. "Solo quería avanzar la mayor parte del camino, porque... ha pasado un tiempo para mí. Porque he estado soñando con comerme esa vagina."

Yo me pongo roja con sus palabras, aunque él acababa de hacer justo eso. Yo muerdo mi labio y lo llamo. Él retrocede de la cama, se quita su bóxer y queda desnudo. Su pene sale orgulloso, largo y grueso y muy hermoso.

Él tiene un tatuaje en su cadera, pero no tengo mucho tiempo para examinarlo. Él pausa.

"Tú... ¿necesitamos un condón?" pregunta él.

Yo sacudo mi cabeza. "Tengo un DIU y estoy limpia."

"Yo también", dice él, subiendo encima de mi cuerpo hasta que nuestras caderas están juntas. Él es pesado, casi demasiado para mí, pero su gran figura lo compensa. Él se balancea sobre sus codos y me quita algo del peso.

Mis labios encuentran los suyos y mi mano encuentra su pene y lo toca gentilmente. Él rompe el beso con un gruñido suave y necesitado. El sonido rompe cualquier plan de alargar esto.

Yo posiciono su pene en mi entrada y muevo mis caderas un poco para animarlo. Pero él no me penetra de inmediato. Él se toma un segundo para mirarme y asacar algo de mi cabello de mi cara.

"Eres hermosa", me dice él. La honestidad en su mirada brilla.

"Tú también eres hermoso", digo.

Él me besa de nuevo, sus caderas son cálidas y maravillosas. Luego comienza a entrar, centímetro por centímetro.

"Ahhhh", digo, sintiendo que me estiro en lo profundo para acomodar su tamaño.

Él luce con dolor. "¿Estás bien? ¿Debería parar?"

Yo sacudo mi cabeza. "No. Más rápido."

Charlie lo saca, luego penetra, lo saca, luego penetra. Un poco más profundo y un poco más rápido cada vez. Él establece un ritmo, primero es lento. Yo me muevo con cada penetración, siento que mi cuerpo se calienta y recuerda el placer que sentí hace unos minutos.

Yo lo rodeo con mis piernas mientras él aumenta el ritmo. Hay una especie de fricción suave entre nosotros; se siente increíble, como si hubiera algo dentro de mí encendido y solo él puede apagarlo.

Con cada penetración estoy acercándome un poco más al éxtasis. Siento un resorte presionándose y presionándose. Solo necesito un poco... más... para liberarlo.

"Charlie", digo sin aliento. "Voy a necesitar que me folles más fuerte. No te aguantes."

Él sonríe por un segundo y luego meda exactamente lo que quiero. Él se inclina sobre mí, me folla como un martillo mecánico, el sudor comienza a gotear de su cara y pecho. Todo lo que puedo hacer es aguantar, ese resorte interno está presionándose cada vez más con cada segundo.

"Mierda", susurra él, su tono reverente. Su voz está casi perdida en el encuentro entre nosotros.

"Sí", lo urjo yo, mis caderas chocando con las suyas una y otra vez. "¡Sí! No pares. No te atrevas…"

Estoy tan excitada que cuando me voy a correr, agarro la espalda de Charlie con mis uñas y le dejo un conjunto de marcas de uñas. Luego veo fuegos artificiales, todo en mi mundo se pone negro excepto unas cuantas explosiones de colores brillantes.

Me asomo sobre un precipicio que no veo venir y me lanzo a un abismo de mi propio placer. Un segundo después de correrme, siento a Charlie comenzar a venirse. Escucho su grito ahogado, siento el pulso caliente de su semilla profundo dentro de mí. Siento que baja el ritmo y luego se detiene.

Él descansa su frente contra una almohada a mi izquierda, respira con la boca abierta por un largo segundo. Los latidos de mi corazón comienzan a calmarse.

Entonces Charlie me da un beso largo y apático. Él sabe a su sudor, pero no me importa ni un poco. Yo suspiro en su beso y llevo mis manos para acariciar su cara.

Cuando finalmente sale de mi cuerpo y va al baño a limpiarse, yo me quedo quieta. Aprecia este momento, me digo a mí misma. Obtuviste lo que deseabas por tanto tiempo. ¿Quién sabe cuándo sucederá de nuevo?

Él sale del baño con una toalla de mano. Yo levanto una ceja, pero él comienza a limpiarme gentilmente con la toalla. Él desaparece de nuevo y luego regresa y se echa en la cama a mi lado.

Yo estoy en shock. Yo estaba esperando que se colocara su ropa, dijera que esto fue un error y se fuera.

Pero él me rodea con un brazo, me atrae y me besa en el

hombro. "Lamento que fuera tan corto. La próxima vez no seré tan rápido."

"¿La próxima vez?" pregunto yo, girando mi cabeza hacia él. *Además, no fue corto. Él solo tiene unos estándares muy altos, supongo.*

...Puedo vivir con eso.

"Sí. Dame... no lo sé, ¿veinte minutos para descansar? Por supuesto, si estás lista, puedo volver a comerte tu vagina de nuevo..."

Yo tengo que suprimir una mirada de sorpresa. Él toma mi mirada vacía como interés. "Voltéate. Quiero comerte desde atrás esta vez."

"Yo..." comencé yo, luego cerré mi boca. ¿Quién soy yo para decirle que en realidad no espero estas cosas de él?

Yo me giro y Charlie comienza a colocarse, dándome una nalgada con un sonoro *whack*.

Oh, señor, ¿en qué me he metido?

Pero sus dedos ágiles encuentran mi clítoris y todos mis pensamientos de protesta se desvanecen de mi mente.

18

CHARLIE

Finalmente me salgo del cuerpo sudoroso de Larkin y termino con un golpe en la cama. Mi corazón está acelerado, estoy luchando por respirar y estoy sudando. El sol está saliendo, sus rayos son la evidencia de lo que hemos hecho.

Las ropas están por el suelo, había copas de vino medio vacías, el cubrecama está totalmente fuera de la cama.

Yo miro a Larkin y ella suelta una carcajada.

"¡No me mires a mí!" dice ella y coloca un brazo sobre sus ojos. "Tener sexo cuatro veces es demasiado. Ya no aguanto más."

Yo sonrío. "Pero sin esa cuarta vez, no hubiéramos sabido que puedes tener tu squirt."

"Oh dios mío, detente", dice ella cansada. "Sabes, cuando te conocí la primera vez, pensé que tu silencio era como un rompecabezas. Bueno, ahora sé que es un regalo."

Yo me río, me estiro para pasar mi mano por la curva de su cintura. "¿Ahora hablo mucho?"

Ella se asoma por debajo de su brazo y suspira. "No. A menos que hables de... mis emisiones corporales. Ahí creo que tengo derecho a decir algo."

Yo me pongo de lado para verla y ella me imita, colocándose en mis brazos hasta que se pone en una pequeña cuchara. Yo ajusto su cabello un poco, lo saco de mi nariz. Me gusta la forma en que la luz del sol atrapa su cabello y lo hace parecer oro.

En realidad me gustan muchas cosas sobre Larkin.

La rodeo con mi brazo y me comienzo a acomodar. Hemos estado despiertos por horas, así que es bonito y natural acomodarnos para una pequeña siesta.

Pero yo sueño con Britta cuando me duermo.

Sueño que estamos de vacaciones en algún lugar tropical. Estamos en una pequeña cabaña de madera, en una playa de arena blanca. Me levanto de la cama, empujo a un lado la red de mosquitos y veo que es de día. Britta sigue durmiendo, me da la espalda, su cabello oscuro cubre la almohada.

Yo salgo de la cabaña, solo estoy usando mi bóxer y observo las olas azules del mar. Cubro mis ojos por el brillo de la luz del sol e intento absorber todo.

Huelo la sal en el aire, siento la brisa cálida en mi piel. Juro que el sonido de las olas es una especie de mensaje, pero no lo comprendo. Hay un cosquilleo en mi mente, algo que debería recordar.

Pero no logro hacerlo. No aquí en este paraíso. Volteo para mirar nuestra cabaña. Britta debería estar conmigo, observando todo. Eso lo haría memorable, algo de lo que podamos contar historias cuando seamos viejos y grises.

Yo regreso a la cabaña y avanzo hacia la cama. Me estiro hacia Britta, pero pauso, mis dedos dudan.

¿Es raro que no se haya movido desde que salí? Creo que solo me estoy volviendo loco, pero cuando toco su brazo, ella está fría como el hielo.

"Britta", digo, jalándola hacia mí. "Despier..."

Britta se voltea, sus ojos azules abiertos y su cara pálida. Ella luce... ella luce... muerta.

"¡Britta!" digo, agarrándola por los hombros. Grito lo

primero que se me viene a la mente. "¿No puedes estar muerta? ¿Qué hay de Sarah?"

"Charlie", las olas me susurran. "Charlie, despierta..."

Y luego abro mis ojos. Estoy desorientado por un minuto, intentando recordar dónde estoy. Larkin está sobre mí con el ceño fruncido. Ella está desnuda y su mano está en mi pecho.

"¿Estás bien?" pregunta ella suavemente.

De repente siento la bilis en mi garganta, esa salivación excesiva que indica que me voy a enfermar.

No de nuevo.

Me levanto de la cama y corro hacia el baño. Abro la tapa del retrete y me quedo mirando por varios segundos. No vomito, pero sí descanso mi cabeza y mi torso en el lavabo por un largo minuto.

Eventualmente abro el lavabo y lavo mi cara y mi boca. Me miro en el espejo de encima del lavabo; un extraño me devuelve la mirada, sombras oscuras debajo de ojos verdes sombríos, cabello oscuro despeinado.

"Mierda", murmuro yo.

Salgo del baño y estoy un mareado cuando camino de regreso al dormitorio de Larkin. Además de la cama de cuatro postes y las cortinas escolares femeninas, este podría ser fácilmente mi habitación.

Pero está Larkin, en una camiseta blanca de talla grande y parecía muy preocupada. Yo camino de regreso a la cama, inseguro de cómo debo manejarla. Yo agarro mi bóxer y me los pongo, luego me siento en la cama.

Ella no dice nada, solo desliza sus brazos por mi torso y me abraza. Ni siquiera sabía que necesitaba ese abrazo, ese tipo de consuelo sin preguntas, hasta que mis ojos comienzan a llorar.

"Mierda", digo de nuevo, mi voz llena de emoción. "Solo... ¡mierda!"

Larkin no responde, solo me abraza más fuerte. Yo dejo caer mi cabeza por un segundo, me obligo a superar mis lágrimas. Ya he llorado un mar de lágrimas por Britta.

No solo eso, pero estoy en la cama con otra mujer, una mujer que ha demostrado su valor una y otra vez.

¿Cuándo dejaré de estar afectado por la muerte de Britta? ¿Cuándo será suficiente?

¿Cuándo seré un humano ordinario de nuevo?

Esas preguntas solo me enojan más. Cuando Larkin comienza a acariciar mi espalda en círculos suaves, yo me fuerzo a respirar hondo y usar toda mi voluntad para no quebrarme y llorar en frente de ella.

Con el tiempo logro calmarme. Larkin sigue acariciando mi espalda y yo me volteo. Agarro su muñeca y la miro a los ojos.

"Gracias", digo.

"No te preocupes", dice ella, sacudiendo su cabeza.

"Pero sí tengo que hacerlo." Yo me estiro y toco su mejilla, inclinándome. Nuestras bocas se encuentran, sus labios suaves y cálidos, los míos firmes y necesitados.

Cuando nos separamos, ella inclina su frente con la mía y mira hacia abajo.

"Estabas diciendo su nombre dormido", dice ella, su voz triste.

Mierda. De eso tenía miedo.

"Soñé que la encontré muerta", contesté yo. La honestidad puede no ser lo mejor en este momento, pero es todo lo que tengo.

Larkin se separa y me mira. "¿Pero no lo hiciste, cierto?"

Yo sacudo mi cabeza. "No. No podría..." Yo me detengo y respiro hondo. "Su madre tuvo que identificar su cuerpo en la morgue."

Ella asiente, bajando la mirada a sus manos en su regazo.

"¿Esto... esto fue un error?" pregunta ella, su voz quebrándose en la última palabra.

Lo último que quiero es que Larkin salga lastimada por mí. Ella representa todo lo que es bueno. Ella es la luz del sol y yo soy la luna oscura y melancólica.

"No", digo, levantando su cabeza con dos dedos. Hay

lágrimas en sus ojos, eso vuelve a romper mi corazón. "Por favor no pienses eso."

Una lágrima se escapa y cae por su cara. Cuando ella habla, está ronca y su voz está llena de lágrimas.

"¿Qué quieres de mí?" pregunta ella, entrelazando sus manos en su regazo. Ella me mira con esos ojos castaños, busca la respuesta en mi cara.

Quiero prometerle cosas. Quiero decirle que si es paciente, yo podré encontrar mi camino. Quiero besarla y decirle que todo estará bien, que yo estaré bien.

Pero no quiero darle falsas esperanzas. ¿Qué pasa si estoy roto? ¿Qué pasa si me despierto siempre que esté con ella con el nombre de mi esposa en mis labios?

¿Qué pasa si estoy tan lejos de estar bien que ni siquiera sé cómo comenzar a estar bien?

En vez de eso, yo digo la verdad. En realidad es todo lo que tengo que ofrecerle ahora. Yo respiro hondo.

"Tengo miedo", admito yo. "De tanto. Algunas veces siento que tengo miedo de todo. Yo... siento que ya he tenido un gran amor de mi vida. Amé tanto a Britta y luego me la arrebataron. Eso me hace pensar que yo no puedo... no puedo intentarlo de nuevo. Parece egoísta incluso pensar en salir de nuevo."

Yo la miro a los ojos y aclaro mi garganta, la cual volvió a llenarse de emociones. "Cada vez que coqueteo contigo, cada beso que compartimos... me hace tener miedo. Porque yo he amado sin reservas una vez y eso me dejó como una cáscara vacía. Tú... tú no eres el tipo de chica a la que se le pueda pedir que espere. Incluso tengo miedo de preguntarlo, porque ni siquiera estoy seguro si el tiempo y la paciencia van a... arreglarme."

Larkin me sorprende al abrazarme y rodea mi cuello con sus brazos. Ella está llorando ahora, puedo escucharla, puedo sentir sus lágrimas cuando caen en mis hombros. Yo también lloro, las lágrimas saladas caen por mi cara.

"Está bien", murmura ella a través de sus lágrimas. "Todo va a estar bien."

Yo retrocedo y limpio mis lágrimas con mi mano.

"¿Cómo puedes decir eso? ¿Cómo puede alguno de nosotros saber eso?" digo, la ira cubre mis palabras.

Ella toma mi mano, entrelaza sus dedos delgados con los míos que son más grandes. Ella sonríe un poco. Se encoge de hombros. "Solo lo sé. Si quieres que te espere, lo haré."

"No quiero que nadie *necesite* esperar por mí", digo, sacudiendo mi cabeza.

"Y sin embargo, lo haré." Ella limpia sus lágrimas y exhala.

"¿De verdad vas a estar bien con eso?" pregunto yo, estirando mi mano y acomodando un mechón de su cabello.

"Por ahora te tomaré de cualquier forma que pueda", dice ella.

La beso de nuevo, agradecido. Ella me está dando tiempo. Yo no quiero espacio. Parece que no puedo cansarme de ella.

Pero definitivamente sigo con una nube negra encima, incluso cuando dormimos juntos.

Está esperando. Espera que falle, que lo arruine, que extrañe a Britta tanto y no pueda decírselo a Larkin.

Solo espera.

19

LARKIN

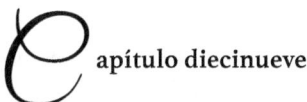apítulo diecinueve

Estoy extendida en el piso de la sala, planificando el próximo día especial en la biblioteca, el cual va a celebrar La telaraña de Charlotte. Es tarde en la noche. Normalmente estaría en la cama a esta hora, pero estoy esperando lo que podría llamarse *llamada para tener sexo*.

Solo pensar al respecto me hace sonrojar.

Hace tres meses no hubiera soñado que sería esta persona. Nunca hubiera pensado en un millón de años que tendría un pequeño secreto sucio como este. Pero luego conocí a Charlie y todas las cosas que pensaba se fueron por la ventana.

Yo intento concentrarme en mi tarea, la cual he esparcido en un desastre de papeles. Tengo mis notas adhesivas con ideas ordenadas alrededor de un diagrama de la biblioteca. Hay una nota para cada una de las seis estaciones en los cuales los niños pueden aprender un dato divertido y hacer una actividad.

Mientras intento decidir dónde colocar la nota de 'Hacer arañas de papel maché', un sonido suena en mi puerta. Debe ser Charlie.

Yo me levanto y aliso mi vestido denim mientras me apuro hacia la puerta. Charlie está ahí, inclinándose en la puerta, haciendo que mi pulso se acelerara con su expresión melancólica.

Yo me estiro y lo agarro por la mano, haciéndolo entrar. Él patea la puerta para cerrarla, agarra mis caderas y me besa con una sonrisa.

"¿Finalmente se durmió?" pregunto yo, mordiendo mi labio mientras él besa mi cuello. Su barba corta roza contra mi piel delicada y me hace cosquillas.

"Sip", dice él, tocando la parte inferior de mi vestido. "La tengo en el monitor de bebés en mi bolsillo trasero. He estado esperando por horas, pensando en ti sentada aquí. Creo que tú eres la recompensa a mi paciencia."

Yo me río y bajo el cierre de su sudadera, sacando su camiseta para darle acceso a mis dedos a sus abdominales y a la v muscular en sus caderas.

Ha pasado casi un mes desde que tuvimos sexo por primera vez y hemos usado casi cualquier excusa para tener sexo en secreto. Cuando Sarah no estaba mirando o estaba siendo cuidada por Rosa y Dale, puedes estar seguro de que estábamos juntos.

La regla no dicha es que Sarah no puede ver ninguna muestra de afecto en público. Eso nos haría una pareja.

Así que hemos sido lo más discretos que sabemos ser, escapándonos tarde en la noche y temprano en la mañana.

Charlie desabotona los tres primeros botones, luego se rinde y me sube a su hombro.

"¡Charlie!" chillo yo.

"Es tu culpa", dice él, cargándome hacia el sofá. "Tu vestido me frustra."

Él me baja y se coloca sobre mí.

"¿Por qué?" pregunté yo, sonriendo cuando él enterró su cara en mis pechos. Siento el goteo lento de humedad comenzar entre mis piernas. Siempre es así con él. No puedo evitar estar excitada.

"Ni siquiera deberías tener ropa", dice él cuando desabotona el resto de los botones y luego comienza a sacarme el vestido por encima de mi cabeza.

Yo me quedo desnuda, sin sujetador o bragas. Lo estaba esperando. La mirada en su cara es casi cómica, como la de un niño pequeño que recibió lo que quería la mañana de navidad.

Charlie vuelve a enterrar su cara en el espacio entre mis pechos, los empuja a ambos a su boca. Él se toma su tiempo en cada uno, besando y lamiendo, pasando su lengua por el pezón. Él incluso usa sus dientes, me lleva al borde y me pone completamente lujuriosa.

Mientras tanto, mis manos recorren su cuerpo, sintiendo los diferentes músculos flexionados. Yo lo rodeo con mis piernas, presiono mi vagina contra la figura de su pene a través de sus jeans.

Él sabe cómo volverme loca de esta forma. Él hace este sonido profundo en su pecho mientras su boca está en mis pechos. Es un ladrido o un gruñido. No me canso de eso.

Él retrocede. "Quiero que montes mi boca, Larkin."

Yo me pongo roja. "No lo sé, Charlie..."

"Sí. Vamos, inténtalo. Creo que te gustará", dice él. Miro en sus ojos, tan verdes como un jardín y ardiendo de lujuria.

"Me da vergüenza", admito yo.

"No la tengas", dice él. "Estoy cien por ciento seguro de que te verás increíble sentada en mi cara. Piénsalo, tu cabello hacia atrás, tus pechos hacia adelante, una expresión de placer en tu cara..."

Yo pongo mi labio inferior debajo de mis dientes, pero él ya se está saliendo de encima y colocándose en el suelo. *Supongo que voy a hacer esto.*

Una cosa que sé es que Charlie nunca se reirá de mí o me hará sentir incómoda adrede. Mientras pasamos más y más tiempo juntos, eso se vuelve aparente.

Yo me muevo del sofá y bajo al suelo, arrodillándome al lado de su cabeza.

"¿Listo?" pregunto yo con duda.

Él asiente y toca mi muslo con una sonrisa. "Extremadamente listo."

Yo me subo sobre su cara y lo monto. Nunca me he sentido más incómoda en mi vida, pero las manos de Charlie suben hasta mis muslos y me empujan hacia abajo con gentileza.

Yo abro más mis piernas y muerdo mi labio. Siento la calidez de su aliento justo antes de que bese la parte interior de mis muslos. Estoy súper consciente de todo, pero también muy, muy excitada.

Puedo sentir mi vagina poniéndose húmeda mientras él sube besando hasta mi vagina. Me hace retorcerme, pero al mismo tiempo muerdo mi labio y pienso lo caliente que lucirá después. ¿Limpiarse mis jugos de su cara después de que me corra encima?

Sí, eso me pone muy caliente.

Él baja más mis piernas hasta que estoy completamente en su cara. Al mismo tiempo besa mi clítoris ligeramente. Yo gimo.

"Oh dios", digo mientras él lo besa de nuevo y aumenta un poco la presión.

Yo muerdo mi labio, insegura de qué hacer con mis manos. Paso mis manos por mi cuerpo, disfruto la sensación de agarrar mis propios senos. Inclino mi cabeza a un lado, gimiendo por la estimulación que ocasiona Charlie al besar mi clítoris lentamente.

Yo jalo mis dos pezones al mismo tiempo y me muevo un par de veces contra su lengua. Sigo imaginándolo después de que me corra en su cara y eso me vuelve loca.

Él se mueve por un segundo, moviendo su brazo. Su gran mano agarra una nalga, luego él me hace caer a su boca. Charlie hace figuras de ochos con su lengua sobre mi clítoris, la mano en mi trasero baja más y más, casi llegando hasta mi trasero.

Él cierra sus labios sobre mi clítoris y chupa, eso me hace gemir. Al mismo tiempo, él intenta meter un dedo justo en mi trasero.

Estoy en shock, ni siquiera sé qué hacer. Me congelo, aunque Charlie chupa mi clítoris con más fuerza. Me siento florecer como una flor, una sensación de llenado crece en mi cuerpo.

Él me siente tensa y para. "¿Estás bien?"

Yo estoy roja como una remolacha. "Sí... pero siento que tú también deberías correrte."

Él besa mi muslo. "Puedo hacerlo si te volteas. Puedes chupármela y puedes seguir en mi cara."

Qué... sucio.

Yo asiento y me reposiciono de forma incómoda. Ahora que estoy frente a su pene, yo tengo algo que hacer. Mis dedos desabotonan sus jeans y bajan su bóxer para revelar su pene largo, duro y perfecto.

Mientras Charlie cierra sus labios sobre mi clítoris, yo tomo su pene en mi puño. Él gruñe, algo totalmente satisfactorio. Yo intento colocar mis labios en su punta, la cual está muy lejos como para hacer otra cosa.

Yo hago un *mmmmm* al sentir su sabor masculino, salado y amargo en mi boca.

Intento concentrarme en su pene, humedezco mis labios y cubro mis dientes con mi lengua. Intento no preocuparme de lo que está haciendo Charlie, intento no enfocarme en cada movimiento de su lengua.

Pero es muy difícil. Yo paso mi lengua por su pene y comienzo a masturbarlo cuidadosamente. Puedo sentir mi resorte interno presionándose. Estoy consciente de que su dedo está yendo a mi trasero de nuevo y está metiendo solo la punta.

Demonios, pienso yo, *en serio se siente bien*. Él mete todo su dedo y de repente me siento abrumada por la sensación de llenado. El saber que me voy a correr me distrae.

Yo pauso y levanto mi cabeza, ocasionando un gruñido doloroso de su parte. "Estoy cerca", susurro yo.

Él gime y duplica sus esfuerzos en mi clítoris. Yo suspiro mientras llevo mi boca de nuevo a su pene, moviendo mi mano y mi lengua. Su sabor cambia un poco, se vuelve más salado mientras gimo alrededor de su pene.

De repente yo exploto, salto del precipicio al mundo del placer. Él comienza a correrse justo después de mí, soltando chorro tras chorro de semen en mi boca y mi garganta.

Cuando finalmente paramos, yo me deslizo de su cara y me pongo derecha. Finalmente tengo ese momento que he estado esperando, mirarlo lamerse y limpiarse la humedad de su boca y barbilla.

"Eso", digo, asintiendo hacia su cara. Todavía estoy un poco sin aliento. "Eso es muy caliente."

Su sonrisa se amplió. "¿Eso crees?"

"Sí", dije, sonrojándome.

"Bien. Me alegra que te sientas así. Dame unos... ¿diez minutos? Y puedes sentirlo de nuevo." Él me guiña el ojo.

Yo le volteo los ojos un poco, pero por dentro sé que habla totalmente en serio. Yo logro voltearme para acostarme junto a él con mi cabeza en su hombro.

Amo a Charlie, creo. *Lo amo tanto que me siento un poco mareada. Lo amo tanto que siento que mi corazón puede salirse de mi pecho.*

Pero eso no lo digo. Acostada en su hombro, hay muchas cosas que no puedo decir en voz alta... y esa es solo una de muchas.

CHARLIE

Larkin sonríe un poco al ver lo nervioso que estoy al verla conducir. Ella está conduciendo por la autopista hacia un destino desconocido, está conduciendo mi auto. El día está totalmente hermoso. El terreno por el que conducimos se inclina levemente hacia abajo, aunque la densidad del bosque no disminuye.

Yo observo el paisaje que pasamos, deseando no haber aceptado venir con Larkin sin preguntas.

Yo miro el asiento trasero para revisar a Sarah. "¿Estás bien?" pregunto yo.

Sarah choca sus labios, encantada por la bolsa plástica de uvas verdes que le dio Larkin. Ella asiente con entusiasmo.

"Relájate", dice Larkin, tocando mi mano. "Estoy obedeciendo el límite de velocidad. Estoy obedeciendo cada señal. Estoy siendo cuidadosa."

Britta también lo fue. Ella ni siquiera estaba en la autopista.

Pero yo aprieto mi mandíbula y no digo lo que pienso. Pase lo que pase, yo conduciré en el camino de regreso. Probablemente llevamos unos veinte minutos cuando Larkin hace una señal y sale de la autopista.

La señal dice que vamos a Arch Cape, pero eso es todo. Yo

bajo mi ventana y puedo oler el aroma de la sal en el aire frío. Puedo escuchar las olas cuando giramos a la derecha.

Mierda. Estamos en el maldito océano.

Todo mi cuerpo se pone tieso y se tensa al escuchar las palabras de Britta haciendo eco en mi oído. *Un día te llevaré al océano Pacifico.*

Una promesa incumplida. Ella me dijo eso un día cuando estaba embarazada, cuando yo admití que nunca pasé tiempo en la costa.

Yo miro a Larkin, ella no sabe nada de esto. ¿Qué se supone que le diga?

¿Da la vuelta, no estoy listo para enfrentar esto todavía?

Ella llega a un lugar concurrido donde hay otros tres autos estacionados y se detiene. Todavía hay árboles altos entre nosotros y el océano, pero si enfoco mi mirada puedo ver la arena blanca y amarilla de la playa.

Mierda, mierda, mierda. Estoy rígido en mi asiento, sintiéndome congelado.

"¡Estamos aquí!" anuncia ella y mira a Sarah. "Vamos a la playa, bichita."

Sarah sonríe al escuchar el sobrenombre. Ella sonríe casi siempre que Larkin lo usa.

Larkin se estira y cubre mi mano con la suya. "¿Listo?"

No.

Pero asiento de igual forma y desajusto mecánicamente mi cinturón. Larkin sale del auto, luego toma a Sarah de su asiento. Yo salgo lentamente, pensando en la imagen que dan las dos: Larkin en su hermoso vestido verde oliva sosteniendo a Sarah, diciéndole algunas cosas cariñosas a ella.

Si no fuera por sus colores drásticamente diferentes, se podría pensar que Sarah era la hija de Larkin de nacimiento. La forma en que Larkin le coloca la chaqueta a Sarah. La forma en que Sarah se ríe de las bromas de Larkin mientras ella la balancea en su cadera...

Parece que lo llevara haciendo toda la vida, no solo tres

meses. Sarah es tan pequeña, ella ni siquiera recordará a Britta. Sus primeros recuerdos serán de mí y Larkin, tomándonos de las manos.

Comienzo a comprender el peso de eso ahora mismo.

"¡Vamos a ver el océano!" le dice Larkin a Sarah. "¡El océano es grande y azul y hace *whoosh, whoosh*!"

Larkin me mira. Es obvio que ella nota mi expresión y mi falta de palabras, pero ella no dice nada. Solo se voltea y comienza a dirigirse por el camino entre los árboles que la llevará a la playa.

Yo la sigo detrás, mi diálogo interno es un torbellino de emociones. Estoy enojado. Estoy depresivo y agitado. Tengo esperanza, pero sigo teniendo esa misma nube negra encima de mi cabeza.

Sigo a Larkin y subo el cierre de mi sudadera un poco más. Hay una brisa fría aquí, incluso ahora en el verano. Salimos de los árboles y ahí está la playa, con kilómetros y kilómetros de arena, extendiéndose a mi derecha e izquierda.

Incluso más impresionante es el océano, una bestia impredecible azul, gris y verde, extendiéndose tan lejos como puedo ver. El oleaje envía una fina niebla de agua salada en el aire y más allá las olas chocan rítmicamente.

Larkin baja a Sarah y se arrodilla junto a ella.

"Mira esto", dice ella. Larkin toma un puño de arena y lo deja caer lentamente.

"¡De nuevo!" ordena Sarah, insegura de cómo funciona la arena.

Larkin obedece y baja su mano para agarrar otro poco de arena y lo deja caer. Sarah se agacha y coloca su mano en la arena, luego copia lo que hizo Larkin.

Larkin me mira con el ceño fruncido. "¿Tal vez quieres presentarle el océano a tu hija?"

Siento que mis mejillas se calientan. Yo camino obligado hacia ellas y me arrodillo al lado de Sarah. Ella me mira, su pequeña cara brillando de emoción. Ella agarra arena con su mano e imita el truco que acaba de aprender.

"Muy genial", digo. "Mira esto."

Yo construyo una pequeña pared de arena y le doy forma con mis manos. Pero Sarah no está interesada. Ella voltea su cabeza y mira hacia el mar.

"Tal vez intenta mostrarle de nuevo cuando estemos más cerca del agua", dice Larkin, intentando ser útil. "No creo que la arena sea lo suficientemente firme aquí."

Yo me levanto y me sacudo las manos de la arena. "Vamos, veamos el océano."

Yo le ofrezco mi mano a Sarah y ella la toma. Larkin nos sigue detrás unos pasos, permitiéndonos tener solos un momento. Yo lo aprecio, aunque me ponga triste y enojado.

Aquí estamos, en el océano, un lugar al que probablemente nunca se me ocurrió traer solo a Sarah. Sin embargo, la mujer que nos trajo aquí se queda atrás, sin esperar… ¿qué? ¿Sarah relacionando el océano con alguien aleatorio?

Y aquí estoy yo, permitiéndolo. Sin decir nada. Porque quiero que la primera experiencia de Sarah sea pura, sí. Pero también porque soy un maldito cobarde.

Resiento a Larkin un poco por no presionar, por no tomar a Sarah por su otra mano y caminar con firmeza hacia el mar. También resiento el que estemos aquí. Si eso no describe a la perfección esta trampa veintidós entre nosotros, nada puede hacerlo.

Yo me enojo con Larkin por no cansarse de mí, no botarme y decir 'a la mierda'. Me enojo conmigo mismo por enojarme con Larkin. Es todo un maldito desastre y no sé cómo solucionarlo.

Así que me quedo en silencio en mi angustia y llevo a Sarah al borde del agua. Permito que observe el agua y luego la hago avanzar un paso. Ella mira el agua retrocediendo y luego la mira regresar.

"¡Mojada!" grita ella cuando toca sus zapatos. "¡¡Mojada!!"

"Sí, está mojada", concuerdo yo.

Sarah luce tan traicionada por el agua que tengo que reírme. Ella retrocede un par de pasos, luego se tropieza y cae en la arena. Ella cae de rodillas y se siente sorprendida de que no le haya dolido.

Ella ladea su cabeza y yo puedo ver motor interno trabajando a todo poder. Miro a Larkin, ella nos espera paciente detrás de nosotros. Yo camino de regreso a ella y la abrazo.

"Lamento haber sido un imbécil", le susurro en su oído. Yo me volteo para ver a Sarah, ella descubrió que la arena mojada es una criatura totalmente diferente que la arena seca.

Larkin me desliza un brazo por mi cintura y me abraza, pero se queda en silencio. Maldición. Probablemente significa que lastimé sus sentimientos, algo que era y no era mi intención.

No quiero lastimar nunca a Larkin. Me siento como un pedazo de mierda cada vez que pienso que en mi situación, prácticamente estoy atado a ella.

"Gracias por traernos aquí", digo, mirándola.

Ella sonríe a medias y coloca su cabeza en mi hombro. Beso su cabeza y me siento como un completo tonto.

Nos quedamos parados así por un rato, luego avanzamos para sentarnos cerca de Sarah. Comienzo a construir a medias un castillo de arena. Larkin mantiene a Sarah entretenida con sus constantes observaciones, la mayoría sobre las gaviotas y la arena.

Nos quedamos ahí por una hora hasta que Sarah se cansa. Luego agarro un par de mantas del auto y creamos una especie de plataforma entre nosotros más atrás en la playa, donde está agradable y seco.

Una vez que Sarah se duerme gracias a las caricias en su espalda por parte de Larkin, yo siento que puedo hablar. Miro a Larkin, su mano está en la espalda de Sarah mientras duerme.

Le debo una explicación. Le debo *algo*.

"Se suponía que vendría al océano Pacífico con Britta", digo. "Lo planeamos, pero nunca tuvimos la oportunidad de venir aquí."

Larkin levanta la mirada un poco sorprendida. "¿En serio? No tenía idea."

"Sí", digo, arrugando mi nariz. "Se siente raro estar aquí sin ella. Digo, supongo que tengo que acostumbrarme a la idea de hacer todo tipo de cosas sin ella. No puedo ir por siempre pretendiendo que el océano Pacífico no existe, ¿sabes?"

Ella asiente y luce pensativa. "Eso hace que tenga sentido que estés algo melancólico."

Suelto un suspiro y levanto una piedra de la arena. La giro una y otra vez en mi mano, sintiendo el borde y su suavidad.

"Es solo... ya sabes, hay miles de actividades y lugares como este. Mil pequeñas trampas de arena, esperando que me olvide y luego arrastrarme hasta el fondo cuando lo haga."

Larkin no responde a eso y yo tampoco esperaba que lo hiciera. Ella sigue acariciando rítmicamente la espalda de Sarah, meciéndola ligeramente. El silencio nos invade y se alarga por un rato entre nosotros.

Cierro mi puño alrededor de la piedra. Es bastante firme bajo mi agarre.

"Me he estado olvidando de Britta por horas", admito yo, mirando a la distancia. "Me di cuenta hace algunos días que no había pensado en ella por todo un día."

Larkin deja de tocar a Sarah y me mira. "Eso es grande."

"Mucho", acepto yo y me recuesto en mis codos. "Sé que es una señal de progreso, de superación. Pero no puedo evitar sentir que la estoy traicionando de alguna forma. Intento hacer eso de pensar, '¿qué hubiera querido Britta? ¿Hubiera querido que la llores por tanto tiempo?' pero..."

Sacudo mi cabeza. "Ella tenía una ardilla de mascota cuando la conocí en la universidad. La rescató cuando estaba en la secundaria y la tuvo por años. Tuvo una vida larga y saludable. Luego murió, unos tres años antes de que Sarah naciera.

La semana antes de que muriera, ella me dijo que no quería un cachorro o un gatito porque seguía demasiado triste por una maldita ardilla. Ella lo lloró por tres años y dijo que no era suficiente. Entonces..." me encojo de hombros. "¿Cómo puedo estar pensando en dejarla ir tan pronto?"

Larkin entrelaza sus dedos en su regazo y los mira.

"No lo sé", dice ella con timidez. Luego me dedica una sonrisa a medias. "Suena a alguien con la que me hubiera llevado bien."

Asentí. "Era increíble."

Ella respira hondo y mira al horizonte. Intento imaginar lo que pasa dentro de su cabeza. Probablemente está intentando calcular cuándo podré comprometerme con ella. O peor, ella ya decidió que no puedo o no lo haré, así que está pensando por cuánto tiempo seguirá permitiendo esto.

Me estiro para tomar su mano, entrelazando sus dedos con los míos. Larkin me mira con una sonrisa.

"Es hermoso aquí", dice ella.

La miro, su hermoso cabello iluminado por el sol y moviendo por la brisa. Ella tiene huesos pequeños, pero fuertes. Sus hombros son ligeros, pero son rectos. Su vestido verde oliva resalta sus ojos.

Una pequeña voz en mi cabeza dice, *dile lo que se merece escuchar. Di te amo. Todo será perdonado.*

Pero una mayor parte de mí recapacita. Sabe que una vez que diga esas dos palabras, el juego cambia. Todo se eleva y todo se vuelve más complicado.

Y yo apenas puedo jugar a este nivel si soy honesto.

Así que solo digo, "La vista desde aquí es asombrosa." Ella me mira, se sonroja y se ríe.

"Eres terrible", dice ella.

"Pero te gusta." Le guiño el ojo.

Ella se inclina para un beso y el momento en que hubiera tenido sentido decir esas dos palabras desaparece en la brisa marina.

21

CHARLIE

"Shhhh", le digo a Larkin, dejándola pasar por la puerta del frente. Cierro la puerta suavemente detrás de ella. "Sarah acaba de comenzar su siesta. Tendremos que ser rápidos."

"¿No suele dormir por al menos una hora?" dice ella, mirándome de forma curiosa. Retrocedo un paso y noto su suave vestido magenta. Estoy vestido con mi usual negro, pero Larkin luce demasiado espectacular.

¿A quién engaño? Ella siempre luce espectacular.

Muerdo mi labio inferior y toco el vestido. Es tan suave como parece.

"Sí, pero no sé cómo vamos a meter dos sesiones en una hora, mucho menos las tres que tengo planeadas en mi cabeza", explico yo. Ella sonríe.

"Veremos."

Larkin se coloca de puntillas para besarme, rodeando mi cuello con sus brazos. La levanto por la cintura, llevándola de espaldas hacia la sala. He estado haciendo un esfuerzo para tenerla en cada mueble; hoy, lo único en lo que no hemos follado es en una fea silla de color pastel.

La pongo con la silla con ella riéndose. "¡Siempre estás apurado!" me acusa ella.

Pretendo ofenderme y me retiro. "¡Tú causas eso!"

"Ja ja", dice ella, estirándose hacia mí. Me dejo y me pongo de rodillas delante de ella, besándola con toda la pasión que tengo hirviendo desde que la vi anoche.

Mientras tomo su cara y junto sus labios con los míos, esas dos palabras quieren salir de mis labios.

Te amo.

Lo sé. Se siente con tanta seguridad que es difícil no decirlas. No soy un hombre paciente. Pero no lo digo; creo que eso arruinaría el mes de preparación y anticipación para este momento.

Pero tengo un plan.

Lo que ella no sabe es que voy a decírselas en algún momento esta noche. Voy a decirlas y confío en que los dos juntos podremos decidir cuál es el próximo paso apropiado.

Porque eso hacen las parejas. Decidir cosas juntos.

La beso con todo mi esfuerzo. Con ternura, porque Larkin es una criatura increíble, profunda y frágil.

Ella se mueve y presiona su cuerpo contra el mío. Luego se congela y mira por encima de mi hombro. "Mierda."

Volteo mi cabeza y veo a Sarah a solo unos pasos de distancia, mirándonos. Ella tiene una expresión de puchero en su cara.

"Fffff..." digo, alejándome de Larkin. Decirle a Sarah sobre nosotros es un paso, pero no estamos listos para esto todavía. "¿Sarah, no deberías estar durmiendo?"

"No cansada", dice ella, cruzando sus pequeños brazos sobre su pecho.

Larkin aclara su garganta y se levanta. "¿Quieres que te ayude a acostarte?"

"No creo que eso sea bueno ahora", digo empáticamente. Estoy un poco enojado que Larkin se haya ofrecido sin consultármelo primero.

Sarah camina hacia Larkin con sus pequeñas piernas y con su puchero. Ella estira sus brazos hacia Larkin y ella la levanta.

"¿Leer?" Sarah le pide a Larkin.

Larkin muerde su labio inferior y me mira. Sigo irritado, pero sacudo mi mano. "Adelante."

Larkin me dedica una mirada de, *vamos a tener una pelea sobre esto luego, pero no diré nada ahora en frente de la niña.* Suspiro mientras ellas suben y me siento en la silla.

No solo no pude follarme a Larkin, ahora tengo que preocuparme sobre qué decirle a mi pequeña. Larkin es más que una amiga, eso es seguro. ¿Pero cuánto más?

¿Imagino un futuro en el cual le ponga un anillo en su dedo un día?

Sí.

Al menos, espero que compartamos un futuro. Me pone demasiado incómodo admitirlo, pero Larkin es mi debilidad. No hay mucho que no sea capaz de hacer por ella y no hay mucho que no imagine para los próximos días.

Solo... todavía no.

No puedo atreverme a tomar su mano, a comprometerme. Al igual que no puedo dejar ir a Britta por completo. Estoy en un precipicio y el suelo debajo de mis pies está desmoronándose, pero sigo paralizado.

¿Entonces cuál es el verdadero problema? ¿La indecisión? ¿Que tengo miedo?

Wham, wham, wham, wham, wham. Alguien toca la Puerta del frente y me sorprende. Miro mi reloj mientras me levanto. Son las tres y treinta, la mitad de la tarde. Tampoco recuerdo haber ordenado algo.

Avanzo hacia la puerta del frente y la abro. Para mi sorpresa, Helen está parada ahí con dos tipos enormes vestidos de negro detrás de ella. Helen viste un traje blanco perfecto y luce triunfante mientras me entrega una resma azul de papel.

La miro por un segundo antes de estirarme y tomarla. Pero no la abro.

"Helen", digo, entrecerrando mis ojos. Uno de los dos hombres ajusta sus pantalones y puedo ver que tiene un arma en su cinturón. "Veo que no sentiste la necesidad de llamar primero antes de venir. ¿Para qué trajiste tipos armados aquí exactamente?"

"Te estoy demandando por la custodia", dice ella con una sonrisa. "Los guardaespaldas están aquí para mi protección."

Por un segundo pienso que está bromeando. Abro los papeles, los escaneo rápidamente para ver rápido de qué tratan.

No sigo leyendo después de 'Aplicación para cambio de custodia' antes de enojarme. Miro a Helen.

"¿De verdad piensas que llevarme a la corte va a cambiar algo?" pregunto, furioso.

"Les dije a mis abogados sobre tu decisión de tener a Sarah alrededor de una persona insegura", dice Helen.

"¿Quién? ¿Estás hablando de Larkin?" pregunto.

"También le dije que Sarah me dijo que la lastimaste", continuó ella, como si yo nunca hubiera hablado. "Mi abogado piensa que tengo un buen caso."

"Estás loca. Totalmente desquiciada", contesto yo, comenzando a cerrarle la puerta en la cara.

Helen coloca su mano en el marco de la puerta, evitando que cerrara la puerta por completo. "Solo sigue haciendo lo que estás haciendo. Cada palabra hiriente, cada moretón que me ocasiones, solo me harás ganar."

"Jódete", le digo por entre la puerta. "Dile al juez que dije eso."

Su sonrisa solo se amplía. "Lo haré."

Por un segundo pienso seriamente en subir por mi arma y sacarla de su lugar seguro. Sería muy satisfactorio lograr que Helen saque su mano de la puerta y salga de mi porche. Además de lo satisfactorio que sería intimidarla físicamente, a pesar de los dos tipos enormes a su lado.

Pero no lo hago. Pienso en Sarah y Larkin, lo que sería más seguro considerando que están arriba.

Lo que sería más seguro para todos si esos tipos no sacan sus armas. Ese no sería el caso si yo mostrara la mía primero.

Así que solo me alejo de la puerta del frente y la dejo abierta con la mano de Helen dentro.

"¡¡Eres débil!!" grita ella a través de la puerta. "¡Tampoco fuiste lo suficientemente bueno para mi hija!"

Me detengo por un segundo. Recuerdo los días después de la primera vez que conocí a Helen, cuando Britta y yo estábamos solos en la cama. Le pregunto lo que pensó su mamá y ella me esquivó.

Pero no fue mucho después que Britta comenzó a pelear con su mamá. ¿A Britta le dijo lo mismo su madre, que no era suficientemente bueno para ella?

"¿Qué sucede?" pregunta Larkin, bajando por las escaleras.

"¡Ahí está! La *ramera* de Charlie. ¿Por qué no la traes, deja que la veamos?" dice Helen, abriendo más la puerta.

"Vuelve a subir", le grito a Larkin. "Helen está aquí totalmente loca."

Larkin palidece y regresa por las escaleras. Pienso por un segundo. ¿Cuál es la mejor forma de sacar a Helen y a sus amigos de la propiedad y mantener un registro?

Me volteo hacia la puerta del frente y saco mi teléfono. Marco el 911.

"¿911, cuál es su emergencia?" responde una mujer.

"¿Hola? Sí, quisiera reportar que mi anterior suegra está traspasando mi propiedad", digo, lo suficientemente fuerte para que Helen escuche. "Sí, ella ha intentado ingresar a mi casa sin mi permiso. Sí, tiene a dos hombres armados fuera de mi casa y creo que están aquí para hacerme algún daño. Por favor envíen oficiales de inmediato. Estamos en 1427 North Creek Road." La mano de Helen desaparece. "Gracias."

Camino de regreso a la puerta del frente y uso mi pie para abrir la puerta. Helen y sus guardaespaldas están huyendo rápido del patio.

Me inclino contra el marco de la puerta y los miro retirarse.

Se meten en una SUV negra y huyen rápido. Escucho las sirenas de la policía a la distancia y suspiro.

Miro los papeles que tengo en mi mano y resisto la urgencia de romperlos con mi puño.

Qué día. Primero Sarah nos atrapa a Larkin y a mí... bueno, haciendo algo más que besarnos. Así que tendré que lidiar con eso, pase lo que pase.

¿Y luego esto? Mi suegra loca aparece con dos matones y me lanza papeles legales a la cara. Lo peor es que me acusó de lastimar a Sarah y a Larkin de ser una mala influencia.

Sí, Helen está totalmente loca, ¿pero qué pasa si alguien la escucha? ¿Qué tal si... en un escenario loco... ella termina con la custodia completa de Sarah?

Subo para decirle a Larkin y a Sarah que todo estará bien, pero no estoy totalmente seguro.

22

LARKIN

"Tal vez debería dormir en mi casa esta noche", dice Charlie, desnudo y acostado de espaldas en mi cama. Él se levanta con un gruñido y busca su ropa.

Frunzo el ceño y me levanto a medias. Mi desnudez normalmente no me molesta, pero verlo colocarse su bóxer me hace querer buscar la sábana y cubrirme.

"¿De nuevo? Ha pasado una semana desde que Helen estuvo aquí. Dejamos a Sarah en la casa de Dale y Rosa por el fin de semana. Tenemos dos días completos para nosotros solos. ¿Por qué no los disfrutas?"

Él no responde de inmediato. Él se coloca sus jeans. Le hago una seña.

"¿Hola?" pregunto yo, enojándome.

"Sí, lo siento", dice él, volviéndose a sentar en la cama. Él se inclina para darme un beso, pero yo estoy enojada. Le doy mi mejilla. "Tengo que encontrarme con un abogado el lunes..."

"¡Es viernes por la noche!" exclamo yo. "Son las once de la noche. Nadie te está mirando, sabes."

Sus cejas se fruncen. "Lo sé. Es solo que... ya sabes, ya casi es el primero de octubre..."

Lo corto, sintiéndome enojada. "Déjame adivinar. ¿El

primero de octubre es una fecha especial que celebrabas con Britta?"

Él desvía la mirada. "Sí, algo así."

Hago una mueca y me alejo. Voy a mi lado de la cama, encuentro mis bragas en el suelo y me las pongo. Me siento extremadamente celosa de Britta ahora misma, una mujer que es intocable porque está muerta. Sé que soy mezquina. Sé que soy de mente pequeña.

Pero no puedo evitarlo. Sentí que estábamos tan cerca de decirnos cómo nos sentíamos y ¡wham! El huracán llamado Helen llega a nuestras costas y nada ha estado bien desde entonces.

"Larkin", dice Charlie, de alguna forma se dio cuenta de que estoy enojada. Encuentro una camiseta aleatoria en el suelo y me la pongo por encima de mi cabeza. "Larkin, no te enojes."

"¿Por qué estaría enojada?" digo, caminando hacia mi vestidor. Estoy hirviendo mientras saco unos pantalones de yoga y meto mis piernas.

"Es solo hasta que todo esté arreglando."

Me volteo y lo miro. "¿Qué cosa?"

Él sostiene su camiseta en sus manos y la mueve.

"Solo digo, si podemos calmarnos hasta entonces..."

"¿Calmarnos? ¿Calmarnos?" Digo, mi voz elevándose. "¿Estás sugiriendo que no nos sigamos viendo? ¿Es eso?"

Él luce triste. "No."

"¿Entonces a qué te refieres con calmarnos?"

"Solo digo... hasta que esté seguro de que Helen no es una amenaza, podemos mantener las cosas entre nosotros. Ya sabes, en privado."

Pongo mi largo cabello sobre un hombro. "Hemos estado haciendo eso por más de un mes. ¿Qué quieres que cambie exactamente?"

Charlie se toma un momento y se coloca su camiseta.

"Nada", dice él lentamente. "No es que tú tengas que hacer

algo. No quiero que esta mierda legal te afecte."

Muevo mi cadera.

"Sin embargo lo hace. Significa que no puedo estar alrededor de Sarah. Significa que no puedo estar alrededor de ti, excepto para unas horas de sexo."

Él se levanta. "No quiero que te sientas así."

"Pero te digo que así me siento. Estoy muy cansada de eso. ¿Por qué estamos yendo hacia atrás? ¿Qué pasó con el progreso que hicimos?"

Él suelta un suspiro. "Mira, sé que no es lo ideal... pero probablemente sea hasta que hable con el abogado. Solo un par de días."

"¿Probablemente?" pregunto yo, mis mejillas calentándose. "Pensé que sería hasta que te encontraras con el juez por primera vez. ¡O espera! ¿Se supone que me mantenga en las sombras todo el tiempo que pases en la corte?."

"No es así."

"¿No? Porque paree que estás haciendo que sea así. Has estado distante toda la semana, no quieres quedarte aquí. No quieres que me quede allá. Pensé que cuando Sarah estuviera fuera el fin de semana, tú estarías bien. Pero supongo que el problema soy yo."

"Larkin..." Él se mueve hacia mí, pero retrocedo un paso.

"¡No! No soy tu amiga para el sexo, Charlie. No voy a ser tratada como un tipo de cosa vergonzosa que sacas de su escondite cuando estás triste, solo o caliente."

"Lo sé."

"¿Y?"

"¿Y?" pregunta él. "¿Y qué?"

Levanto su sudadera, la cual está en el piso cerca de mis pies y se la lanzo. "Sabes. Lo sientes. Solo es por un poco más."

Su cara se pone de piedra. "¿Qué quieres que diga?"

"¡Quiero que actúes como si te importara! Quiero que digas, 'Hey, Larkin, sé que Helen está loca, pero me importas. Los tres vamos a superar esto juntos.' Algo así estaría bien."

Me detengo por un segundo y me doy cuenta de que estoy tan enojada que estoy temblando.

"Ella está amenazando a mi hija, Larkin. Sabes que tengo que tratar esto con mucha seriedad." Él comienza a colocarse su sudadera, una manga a la vez.

"¿Sabes qué? Me pregunto si en realidad todo se trata de eso."

Él se detiene. "¿A qué te refieres?"

"Digo que quizás esta es la excusas que necesitabas. No querías decidir entre tal vez salir y ser un luto andante. Esto es perfecto. 'Oh, no puedo decidir estar con Larkin porque mi suegra es una perra.'"

Charlie se cruza de brazos. "Eso no es verdad."

"¿Oh no? Estás diciendo eso en la cara del huracán Helen, ¿no estás aprovechando el momento? ¿O estás diciendo que no estás aprovechando lo que Helen ha hecho?"

Él sacude su cabeza. Pasa su mano a través de su cabello oscuro y despeinado. "Eso es injusto."

"Quizás. Quizás estoy siendo una perra. ¡Pero no he hecho más que caminar con cuidado desde que te conocí! Tengo tanto miedo de hacer o decir algo equivocado. Me quedo despierta en la noche, preocupándome por las cosas que dije. ¿Causé mucho daño? ¿Lo presioné mucho? Yo solo... estoy tan cansada de eso", digo.

Sigo igual de enojada, pero puedo sentir las lágrimas cálidas en las esquinas de mis ojos. Puedo sentir mi garganta llena de emoción.

"¿Qué es lo que quieres que haga ahora mismo, Larkin?" pregunta él con el ceño fruncido. "Se supone que tú seas la cosa más fácil en mi vida, no otra cosa complicada de mi larga lista."

Esa caracterización me mata un poco por dentro.

"¿Entonces eso es todo lo que soy para ti? ¿No sientes nada más por mí? ¿Solo has estado tachando cosas de tu lista?"

"¡Eso no es lo que dije!"

"¡Bueno, es lo que quisiste decir!" le grito. "¿Cuándo voy a estar primero?"

"No puedes pedirme eso. ¡Tengo una hija!"

"¡Me refiero a tus sentimientos por Britta! ¿¿Yo, Larkin Lake, podré algún día tener prioridad por encima del amor que sientes por tu esposa muerta??"

"¡No lo sé!" grita él. Ambos estamos temblando. Ya no estoy al borde de las lágrimas, estoy llorando por completo, permitiendo que las lágrimas caigan por mi cara.

"Ahí está el asunto", lamento yo, sacudiendo mis manos. "¿Podrás amarme algún día, completamente y sin reservas? No lo sabes y esa parte es *aterrorizante* para mí. ¿Se supone que me quede para ver si lo logras?"

"No lo sé", repite él.

"¿Sí ves que hay un problema, cierto?" pregunto, frustrándome.

"¡Sí! Te lo dije antes, no quería que me esperaras. ¡Y sin embargo, aquí estás, un mes después, todavía enojada porque todavía no puedo decidirme!"

"Bueno, eso es mi culpa", digo, sacudiendo mi cabeza. "Debí haberte escuchado cuando me dijiste que no esperara."

"¡Sí, debiste hacerlo!"

"¿Entonces qué? ¿Regresamos a ser vecinos? ¿Personas que se ignoran amablemente cuando se ven en público?" pregunto, limpiando mis lágrimas con el dorso de mi mano. "¿Es eso lo que quieres?"

"No es lo que yo quiero", contesta él. "Pero podría ser lo que tú necesitas."

Estoy tan enojada que no puedo ver bien. "¿Quieres irte? Por mí está bien. Pero para dejarlo claro, tú te estás yendo."

Charlie gira y se va, cerrando la puerta del dormitorio con un golpe. Colapso en mi cama mientras escucho sus fuertes pisadas en las escaleras.

Estoy destruida, destrozada emocionalmente por la discusión. Las últimas palabras de Charlie siguen haciendo eco en mi cabeza.

Podría ser lo que tú necesitas.

Me permito sollozar, porque no hay bien o mal, no hay un Goliat definido con claridad en esta situación.

Solo estamos Charlie, yo y todo un mundo de dolor.

23

CHARLIE

Cierro la puerta del frente de mi casa con un golpe, estoy hirviendo. Larkin hizo un buen trabajo afectándome, metiéndose dentro de mi piel. Ese es el problema, en realidad. Larkin se había abierto camino hasta el núcleo de mi ser.

A mi corazón.

Corazones, cosas graciosas y frágiles.

Después de que Britta falleció, yo estaba en shock. Luego de que el shock desapareció, sufrí un tipo de dolor terrible y aparentemente insuperable. Luego pasé a un periodo de entumecimiento, un periodo del que no comencé a salir hasta...

Hasta que me mudé aquí. Hasta Larkin.

Porque Larkin no es solo hermosa e inteligente. Ella no es solo buena con Sarah.

Ella me comprende, de una forma que no pensé que fuera posible. Ella me ha visto en algunos de mis peores momentos: durante un ataque de pánico, discutiendo con Helen, sintiéndome que me había decepcionado a mí mismo y a Britta en la playa.

De alguna forma, a pesar de eso, ella decidió que le importo lo suficiente como para quedarse. Eso es un milagro.

Camino por la sala. Si es así como me siento, ¿por qué no regreso con Larkin? ¿Por qué resistirme a lo que parece inevitable?

Porque cada vez que miro a Larkin con amor en mis ojos, estoy traicionando a Britta. Con cada recuerdo que hago con Larkin y Sarah, uno viejo con Britta desaparece.

Ella tenía razón en una cosa: yo la he tratado mal en la última semana. Vine tarde, tuve sexo y me fui apenas terminamos.

Me dejo caer en el sofá, melancólico. He estado molesto por la demanda de Helen, sí. Pero eso solo fue la gota que colmó el vaso, en cuanto a mis sentimientos.

En realidad, en lo profundo de mí, sigo luchando por decidir si Larkin merece o no mi lealtad. No si merece mi amor, porque obviamente estoy totalmente enamorado de ella. No, esa no es mi preocupación.

La pregunta es, ¿estoy de verdad listo para decirle adiós al hombre que prometió amar, honrar y atesorar a Britta? ¿Cómo puedes darle tu corazón a alguien sin reservas cuando tu corazón ya está comprometido?

Porque me entregué sin reservas a Britta. Pero estoy enamorándome de Larkin... de una forma desastrosa y angustiosa.

Me hace pensar en Sarah. Por un lado, ella es claramente la hija de Britta. Cuando la observo mirando hacia abajo, enfocada en algo, casi la puedo confundir con Britta. Me duele siempre, casi me hace perder mi cordura en público.

Por otro lado, Sarah ha creado un lazo con Larkin. Ella lleva la misma copia desgastada de El principito a todos los lugares que le permito. No solo eso, ella tiene una mirada siempre que Larkin entra en la habitación... sus ojos se iluminan de alegría. Quizás incluso amor.

Sarah. Esa es una persona que puede consolarme justo ahora. Miro mi reloj. Son solo recién después de las nueve. Tal vez pueda encontrarla despierta si conduzco hacia la casa de Rosa y papá.

Salgo hacia mi auto y llego a la casa de papá en menos de veinte minutos. Cuando toco el timbre de su pequeña casa verde, mi papá responde en sus pijamas. La TV está encendida detrás de él. Al menos eso no ha cambiado.

"Charlie", dice él, un poco sorprendido. Él me abre la puerta. "¿Todo está bien?"

Me encojo de hombros mientras entro a la casa. Miro alrededor los muebles y la alfombra limpia, pero gastada. "No lo sé, honestamente... tuve una pelea con Larkin y comencé a extrañar a Sarah un poco."

"Rosa le está leyendo ahora, creo", dice él, cerrando la puerta del frente. "Vamos, veamos si logramos alcanzarla antes de que se duerma."

Él me lleva a través de la sala y por el pasillo a la izquierda. La primera puerta que encontramos está abierta parcialmente y papá la termina de abrir. Lo sigo para encontrar a Rosa leyéndole a una Sarah que está dormida.

Rosa se voltea y eleva sus cejas. Miro a Sarah, su cabeza oscura es apenas visible por encima de la colcha rosada con la que está cubierta.

Toco el brazo de papá y sacudo mi cabeza, me volteo y me voy. Hay solo una cosa que nunca haces como padre y eso es despertar a un niño dormido.

Regreso a la sala y papá me sigue.

"Lo siento", dice él. "Creo que Rosa es demasiado buena durmiendo a Sarah."

Sacudo mi cabeza. "Está bien. Solo quería verla."

Mi papá me mira por un largo minuto y luego me dice, "Estaba por hacerme una taza de té y sentarme en el porche trasero. ¿Quieres unirte?"

Me cruzo de brazos, dudando. ¿En realidad no quiero, pero cuál es mi alternativa? ¿Regresar a un apartamento vacío que me recuerda a Larkin?

"Claro", digo encogiéndome de hombros.

Mi papá va hacia la cocina y agarra una tetera azul brillante y la llena con agua. Él la coloca en la estufa y la enciende. Yo me quedo en el mostrador, inseguro sobre qué decir.

Papá se estira a uno de los gabinetes y agarra dos tazas viejas y astilladas. Él las coloca en el mostrador y pausa.

"¿Quieres decirme sobre qué fue la pelea con Larkin?" pregunta él, evitando mirarme con cuidado.

Miro a mi padre y veo a la vieja versión de mí. Espero que también un poco más sabio. Respiro hondo. No sé qué voy a decir, pero decido confiar en mi papá.

Además, nada dice que tenga que seguir su consejo.

"Uhhh, fue... muy feo. Discutimos sobre la denuncia de Helen por la custodia. Más o menos."

"¿A qué te refieres con más o menos?" pregunta él.

Hago una mueca, lo recuerdo en mi cabeza. "Asumo que sabes que Larkin y yo hemos estado... pasando tiempo juntos."

Él solo asiente.

"Bueno, nosotros... pasamos tiempo juntos... en su casa. Luego dije que iba a pasar la noche en mi propia casa. Ella me reclamó eso y dijo que he estado alejado de ella desde que Helen me dio la denuncia."

"¿Y?" pregunta él. Papá comienza a buscar las bolsas de té en los gabinetes y coloca una en cada taza. "¿Lo estás haciendo?"

"No intencionalmente", digo. Entrecierro los ojos. "No lo sé, quizás."

La tetera comienza a silbar y papá la saca de la estufa. Él sirve el agua hirviendo en las dos tazas.

"Suena a que sabes que estás equivocado." Él me mira.

"Bueno, la cosa empeoró." Pasé una mano por mi cabello. "Podría haber sugerido que enfriáramos las cosas hasta que la denuncia termine..."

Él silba. "Eso es... eso es malo."

"Luego ella me acusó de estar usando la denuncia de Helen como excusa porque no quiero salir con ella." Hago una mueca. "La peor parte es que no estoy seguro si ella está equivocada."

Papá levanta una de las tazas hirviendo y me la entrega. Tiene una caricatura borrosa por un lado, pero no logro descifrarla. Miro la taza y encuentro pequeñas ramitas marrones de té saliendo de la bolsita de té.

"Me suena a que tienes que buscar bien en tu alma", dice él. Papá sopla en su té por un segundo, pero no lo bebe todavía. "Creo que necesitas decidir de qué lado de la valla te encuentras."

Miro mis Converse. "¿Quieres que escoja entre dos mujeres? Estoy preocupado de que eso sea imposible."

Papá parece pensativo. "Vamos, vamos afuera."

Él no me espera, solo levanta su taza y sale por la puerta de vidrio deslizante que lleva al patio. Ahí hay una pequeña área cubierta con dos sillas de césped. Él se sienta en una y suspira.

Yo me siento en la otra, inseguro de que la silla pueda soportar mi peso. Pero lo aguanta y pongo mi té en el piso. Miro a mi papá, él está bebiendo su té lentamente. Hace un sonido satisfactorio de sorbido y luego me mira.

"Sabes, todavía seguía con tu madre cuando conocí a Rosa", dice él. "Digo, no había compartido cama con ella en años. Me mudé al garaje, pero seguía casado con tu mamá."

Mi boca se abrió un poco. "¡No recuerdo eso!"

"Tu mamá era divertida y amorosa y muy inspirada. Sabes, cuando nos conocimos, ambos éramos artistas."

Esto es nuevo para mí. "No lo sé. En mis primeros recuerdos no te tengo."

Papá asiente. "Sí. Tu mamá era una gran artista, pero también era bipolar. Eso le daba una gran energía, ella podía atraer a las personas... pero luego ella se volvía muy maníaca y hacía locuras. Un día llegué a la casa y tu mamá había pintado todas las paredes de rojo. Ella dijo que era para proteger a la familia o una mierda así. Como sea, tus recuerdos probablemente son después que Diane me echara."

Frunzo el ceño.

"Te fuiste porque conociste a Rosa." Aclaro yo.

"No, no exactamente. Conocí a Rosa porque ella era cajera en la tienda. Ella siempre fue amable conmigo y nos cuidaba a ti y a tu hermano. Me cansé de vivir en la montaña rusa de emociones de tu madre. '¿Hoy será un buen día o va a enloquecer?' Y ahí siempre estaba Rosa, era amable conmigo. Ella no sabía lo mucho que bebía, en parte para aguantar a tu mamá, en parte solo porque sí."

Él se detiene y bebe su té, luego continúa.

"Cuando Rosa descubrió que yo seguía casado, ella se rehusó a tener algo que ver conmigo. Así que regresé con Diane y le conté sobre la cita a la que había ido porque era tan miserable. ¿Podríamos trabajar las cosas entre nosotros para que todo sea mejor?"

"Supongo que eso no funcionó", dije simplemente.

"Lo intentamos. Fuimos a terapia, fuimos a retiros. Incluso intentamos un matrimonio abierto. Todo estuvo bien, hasta que tu madre dejó sus medicamentos. Luego regresaría a casa y descubriría que tu madre sacó el lavaplatos afuera y lo quemó. Una vez vine y descubrí que había vendido su auto, el único en el que entraban ustedes dos. Cosas como esa."

"Suena duro", digo, entrecerrando mis ojos. "No recuerdo nada de eso."

"Sí. Eventualmente tuve que tomar una dura decisión. No digo que sea exactamente igual a la que tú estás tomando, pero tampoco es muy diferente. Eventualmente, me fui, obviamente. Solo obtuve la custodia a medio tiempo cuando a tu madre le parecía. Esa fue la parte más difícil para mí."

Él bebe de su té y luego me mira.

"Lo siento", digo.

"El punto de la historia no es que te sientas mal por mí. El punto es que cada cambio o problema importante en tu vida causa dolor. Son como dolores de crecimiento. Es por eso que tienes que decidir si vas a crecer y cambiar y salir herido... o solo te vas a quedar estancado y eventualmente morir. Solo hay dos opciones."

Suelto mi aliento. "Lo sé. Sé que tengo que escoger. De hecho, sé a quién debo escoger. Es solo que..."

Me desvío y papá asiente. "Apesta. Apesta más para Larkin que para ti, porque ella tiene que estar sentada a tu lado y mirarte adolorido. Ella no me parece del tipo que se queda sentada."

"No lo es."

Él se ríe y luego golpea mi rodilla.

"Charlie, tengo que ir a ponerme cómodo en el sofá. Pero tú quédate todo lo que quieras. Piensa en lo que dije."

Sonreí. "Lo haré. Gracias por el consejo."

Mientras entra, miro su patio. No hay nada espectacular, solo unos árboles pequeños. Pero me da un buen espacio para mirar mientras intento procesar lo que papá acaba de decir.

Me paso otra buena media hora afuera con los mismos pensamientos dando vueltas en mi cabeza.

¿Britta o Larkin? ¿Los votos que hice o los que quiero hacer? ¿El pasado o el futuro?

Cuando me levanto y recojo mi té intacto, tomé mi decisión.

Ahora solo tengo que rezar que no sea demasiado tarde.

24

LARKIN

Estoy acostada en mi cama, todavía furiosa. Lloré por casi una hora, pero ahora estoy en silencio. No puedo dormirme, sin importar cuánto tiempo pase aquí mirando el techo. Me pongo de lado y suspiro.

Sigo escuchando las palabras de Charlie una y otra vez dando vueltas en mi cerebro.

Pero podrías ser lo que tú necesitas.

La ira que brillaba en sus ojos cuando me lo dijo, la feroz convicción en sus palabras... me dio escalofríos, horas y horas después.

Si Charlie de verdad se siente así, tendré que dejarlo ir. No hay otra opción, la verdad no. Pero la idea de dejarlos ir a él y a Sarah.... De nunca volverlos a ver de nuevo o peor... verlos a la distancia... me destroza.

Pensé que ya había llorado todo, pero las lágrimas comienzan a acumularse de nuevo en las esquinas de mis ojos. Una vida sin Charlie casi no vale la pena vivirla.

Escucho un sonido abajo, aunque es ligero. Tal vez dejé una de las ventanas abiertas y el postigo está siendo movido por el viento.

Me siento y limpio las lágrimas de mis ojos, luego saco mis

sábanas. Bajo descalzo rápido las escaleras, molesta con mi yo del pasado, la cual pensó que era una buena idea dejar la ventana abierta.

Bang bang bang. El sonido es casi demasiado rítmico para un postigo. Frunzo el ceño y entrecierro mis ojos.

Pero cuando llego abajo, veo una figura toda de negro golpeando la puerta del frente. No puedo ver la cara de la figura a través del vitral. ¿Quién está tocando la puerta a esta hora?

"¡Larkin!" grita Charlie, tocando de nuevo. "¡Vamos, abre!"

Corro hacia la puerta del frente y la abro. Miro a Charlie con una expresión sospechosa. Él me mira jadeando como si acabara de correr una maratón.

"Larkin", dice él, su voz estaba cansada.

No digo nada, me cruzo de brazos. Todo lo que necesitaba decirse fue dicho. Solo volteé mi cabeza, impulsándolo a decir algo nuevo.

Charlie da un paso adelante. "Larkin, tomé mi decisión."

Perdí mi aliento en ese instante. ¿Está por decir lo que pienso que va a decir?

En vez de eso, él me asombra más al avanzar dos pasos más, hasta que solo nos separan unos centímetros y luego pone una rodilla al suelo. Mis manos van a mi boca y jadeo.

No... no es posible, pienso yo.

"Larkin, tenías razón en una cosa. Necesitaba decidir si el pasado era más importante que el futuro. Pasé demasiado mirando hacia atrás, la tarea de mirar al futuro parecía... imposible."

Charlie estira una mano y hace un gesto hacia mi mano. Lentamente, pongo mi mano temblorosa en la suya. Él cierra sus dedos sobre mi mano y puedo sentir que también está temblando.

"Oh Charlie..." susurro yo.

Él sacude su cabeza. "No debí haberlo hecho, pero lo hice.

Luego mi padre me preguntó si estaba listo para cambiar y crecer o si iba a estancarme hasta que muriera..."

Él miró hacia abajo por un momento. Cuando volvió a levantar la mirada, había lágrimas nadando en sus ojos.

"Larkin, eres la persona con la que quiero envejecer. Quiero ir donde tú vas. Sarah ya te ama..."

Mis ojos se ponen borrosos y tuve que limpiar mis lágrimas con mi mano libre. Él muerde su labio inferior y luego dice:

"Lamento haberte hecho esperar. Has sido tan fuerte, aguantando todo esto. No tengo un anillo, pero... te amo. Te amo demasiado." Él se toma un segundo y veo su garganta tragar. "¿Larkin Lake, me harías el honor de convertirte en mi esposa?"

"Sí..." Logro decir yo. Comienzo a llorar y las lágrimas caen por mi cara. Las emociones están abrumándome, pero digo, "Sí, Charlie. También te amo. Me casaré contigo."

Nunca había querido enterrarme en los brazos de alguien con tantas ganas. Lo miro, mi corazón está apretándose en mi pecho. Hago una especie de sonido estrangulado y lo miro, suplicante.

Él se levanta y me abraza con fuerza. Al mismo tiempo me lanzo a su pecho y lo hago retroceder un paso. Rodeo su espalda con mis brazos.

Mi corazón está tan lleno que apenas puedo aguantarlo. Entierro mi cara en su pecho, completamente feliz.

Cuando me retiro para decir lo que pienso, su boca cae en la mía como una marca ardiente. Gemí y pasé una mano por su cabello.

Él me acerca y presiona juntos nuestros cuerpos. Solo la presión de sus caderas contra las mías me tenía rodeando mi pierna alrededor de él, rozándolo.

Aunque solo habían pasado horas desde que lo tuve, mi cuerpo lo *extraña*. Abrí su chaqueta, queriendo ver más de su piel.

Él se quita la chaqueta y me besa mientras me hace

caminar de espaldas hacia el sofá. Se separa y se quita las botas mientras yo me quito mi camiseta.

Charlie agarra mis pantalones de yoga y los baja con fuerza. Yo le ayudo a quitármelos, sonrojada.

Estoy desnuda. Tiemblo mientras él agarra mi cabello rubio con un puño, jala mi cabeza hacia atrás mientras besa mi clavícula. Yo jadeo en voz alta cuando él encuentra mi pezón con sus dientes y lo muerde ligeramente.

"Esto es mío", gruñe él, besando mi otro pecho ligeramente. "Y esto..."

Besa mi ombligo, mis caderas, justo encima de mi vagina. Yo gimo al sentir eso, mis caderas se mueven y mi vagina está húmeda.

"Charlie, sí", gemí. "Toda tuya."

Él vuelve a subir por mi cuerpo y me besa salvajemente. Yo tiemblo cuando él abre mis piernas.

"Quítate esto", insisto yo, agarrando su camiseta.

Él acepta y me muestra la riqueza de su carne muscular y tonificada. Yo paso mis manos por su amplia espalda y clavo mis uñas.

Nos besamos de nuevo. Él toca mi muslo interno y comienza a subir. Sus dedos tocan mi vagina, al igual que su lengua toca la mía con movimientos largos y fuertes.

Yo me enfrento a su tacto y gimo.

Él encuentra mi núcleo y desliza dos dedos dentro de mí. Ambos gruñimos mientras él me toca fuerte y lento, tomando su tiempo para poseerme.

"Demonios, estás tan estrecha", jadea él mientras yo comienzo a presionar sus dedos.

"¡Sí! ¡Sí!" lo a seguir. Beso y chupo su cuello, sabiendo bien que voy a dejarle marcas.

Él mete y saca sus dedos y los flexiona como haciendo un gesto. Normalmente sus dedos no me llevan al límite, pero creo que podría eyacular solo con su mirada sucia, la forma en que muerde su labio y mira cómo rebotan mis tetas.

Él se mueve en su lugar. Siento sus jeans moverse contra mis muslos. Amo todo lo que Charlie me está haciendo, pero quiero más. *Necesito* más.

"Quítate los pantalones", digo, intentando no sonar sin aliento, a pesar de que así me siento. "Te quiero dentro de mí."

Él saca sus dedos y me levanta, cargándome hacia el sofá. Me baja y desabotona sus jeans, luego duda.

"Ahora", le ruego yo. Jalo sus jeans, suplicante. "Ahora mismo."

Se quita sus jeans y bóxer y luego sube al sofá sobre mí. Yo me estiro y lo jalo, necesitándolo con desesperación. Mis piernas rodean su cintura y lo jalan.

Charlie toma medio segundo para posicionar su pene en la abertura de mi vagina. Estoy más que preparada, húmeda, lista y excitada.

Él entra con una penetración larga y fuerte y ambos gemimos con la sensación. Se siente tan bien, él dentro de mí, estirándome, haciendo me sentir llena y pesada.

Él agarra mi mano y la lleva encima de mi cabeza, entrelazando nuestros dedos. Yo agarro su cara con mi mano libre y lo beso, frenética, mientras él comienza a moverse dentro de mí. Él toca todos los lugares adecuados, saliendo y penetrándome una y otra vez, hasta que mis ojos se me voltean.

Yo me corro de repente, de forma espontánea, aferrándome a él con una especie desesperada de pasión. Él se corre, grita mi nombre a los cielos y agarra mi mano con tanta fuerza que tendré un moretón luego.

Eventualmente baja el ritmo y me besa. Pongo ambas manos en su cara, agarrándolo con delicadeza y lo beso con todo lo que tengo.

Charlie se ríe mientras se retira, deslizándose a un lado para que todo su peso no me aplaste. "Maldición."

Lo miro y mi corazón se aprieta. "¿Ya tienes arrepentimientos?"

Él se ríe de nuevo y sacude su cabeza. "Imposible. Nunca.

No sé si lo has notado, pero tiendo a cumplir las cosas con todo mi ser una vez las decido."

Sonrío. "Apenas lo he notado."

"Bueno, aparentemente eres una de esas cosas." Él me da un beso largo y lento.

Muerdo mis labios. "Te das cuenta de que tendremos que explicarle todo a Sarah."

Él se encoge de hombros como si no fuera la gran cosa.

"Va a estar encantada. Intento avanzar hacia adelante, no retroceder. Quiero que nos mudemos y nos casemos..."

"¿Oh sí?" bromeo yo. "¿Vas con todo, eh?"

"Cada uno de los pasos. Tú bromeas, pero yo hablo en serio. Creo que deberíamos hablar sobre mudarnos juntos a Nueva York."

Mis cejas se arrugan. "¿Pero qué pasa con los abuelos de Sarah?"

"Para eso existen los aviones. Podemos visitar y mi papá y Rosa pueden visitarnos..."

Frunzo el ceño. "¿Qué hay de Helen? ¿ ... no piensa ella que soy una mala influencia o algo así?"

"Odio que tengamos que hablar sobre esto. Eres una gran influencia. Sarah te ama." Él suspira y sacude su cabeza. "Creo que podemos hacer nuestros planes. Yo solo... estoy tan enojado con Helen, pero también me siento mal por ella."

Pongo mi mano en el pecho de Charlie, mi palma está justo sobre su corazón.

"¿Alguna vez te he dicho que encuentro la empatía muy atractiva?" pregunto yo con una pequeña sonrisa.

Él se ríe y me mira. "Me alegro."

Me muevo un poco y me apoyo en mi codo.

"Tenemos un par de días hasta que tengas que recoger a Sarah..." digo. "¿Tal vez quieras pasarlos en algún lugar más cómodo que en el piso de la sala?"

"¿Es una manera indirecta de invitarme a la cama?" pregunta él y arquea una ceja.

"Quizás." Me sonrojé.

Él sonríe y se inclina hacia mí, poniendo un beso en mis labios. "Entonces acepto. Te puedo prometer ahora, siempre te diré que sí. A esto y a todo lo que quieras."

"¿Siempre?" murmuro yo contra sus labios.

"Siempre", dice él.

Sé que Charlie está diciendo la verdad. Nunca me he sentido tan feliz o segura como lo hago ahora mismo, en este momento.

EPÍLOGO
LARKIN

Tres meses después

"... Luego colocamos toallas en..." Digo en una voz cantarina.

Balanceo a Sarah en mi cadera mientras pongo lo último de la lavandería en la lavadora. Mi enorme anillo de compromiso se engancha en una de las toallas y necesito un minuto para sacarlo. Pongo la cesta vacía abajo y luego echo el detergente líquido.

"Luego añadimos el jabón... y cierro la tapa. ¿Quieres presionar el botón de inicio?" Le pregunto a Sarah. Le señalo el botón.

Sarah muerde su labio y se inclina para presionar el botón de inicio. La máquina comienza a llenarse de inmediato.

"¡Listo!" anuncia ella con orgullo.

"¡Lo hiciste!" Dije. "Buen trabajo. ¿Qué deberíamos hacer ahora hasta que llegue papi?"

Ella luce pensativa. "¿Peppa Pig?"

Yo asiento y salgo de la pequeña lavandería. Camino a través de la cocina, con su decoración de los setenta y llego a la sala. Los perros están en el suelo meneando sus colas. Están cansados por haber jugado temprano con Sarah.

Bajo a Sarah al sofá y busco el control del TV.

Charlie y yo decidimos mudarnos tan pronto él me lo propuso. Le dijimos a Sarah y ella estaba encantada. Lento, pero seguro, nosotros convertimos mi lado de la casa en nuestro hogar y algunas veces puede ser una locura. Con perros, un gato y tres personas... algunas veces puede ser una locura todo.

Bueno, en realidad... van a ser cuatro personas pronto. Le dije a Charlie apenas descubrí que estaba embarazada, pero Sarah no lo sabe todavía. Estamos esperando a los tres meses para intentar explicarle, así que todavía tenemos algunas semanas.

Encuentro el control y enciendo la TV para Sarah.

"¿Quieres ver?" pregunta ella, mirándome.

"Sí... veamos." Veo la hora en el teléfono que está en el bolsillo de mi vestido. Son casi las cinco y eso me hace preocuparme un poco. Charlie está enfrentándose con Helen hoy en la corte. Se supone que hoy es el último veredicto. Quiero estar ahí para apoyarlo, pero él sintió que era mejor si me quedaba en casa con Sarah. Así que he estado esperando escuchar de él durante las últimas tres horas mientras me muerdo las uñas.

"Claro, tengo tiempo", le digo a Sarah.

Me siento en el horrible sofá amarillo y Sarah se acurruca conmigo al instante, inclinándose hacia mí. Ella entrelaza su pequeña mano en mi brazo y eso hace que mis ojos se empañen un poco.

Sarah es la mejor niña que podrías pedir. Yo le suelto un beso en su cabeza, pero ella está concentrada en la pantalla de la TV. Limpio mis ojos, los cuales lagrimean prácticamente con todo estos días.

Escucho pasos en el porche y luego una llave en la puerta del frente. Zack y Morris se levantan y mueven sus colas expectantes.

¡Finalmente! Pienso yo, sentándome un poco más derecha.

Charlie entra, luce apuesto en su traje oscuro y su camisa

de vestir clara. Se había quitado el saco de su traje y lo llevaba casual por encima de su hombro. Siempre se ve bien para mí, pero verlo en su traje hace que mis ovarios exploten.

Él se ilumina en el segundo que hacemos contacto visual. Amo eso sobre él, que vernos siempre lo pone tan feliz.

"Ganamos", anuncia en su tono profundo. Cuelga su chaqueta y acaricia a los perros, dándole atención especial a Sadie. Parece haberse encariñado más con ella, algo que me hace tan feliz que podría llorar.

"¿Lo hicimos?" Pregunto yo, sentándome. "¡Ven aquí! Cuéntame todo."

Él camina hacia adelante y se sienta en el sofá, saludando primero a Sarah. Él toca su zapato. "Hey tú."

"Hola", dice ella, distraída por la TV.

Luego me saluda deslizándose hasta que nos tocamos y me besa ligeramente. Sus labios son cálidos y dulces, como siempre. "Hola a ti."

Yo le contesto. "¡Hola a ti también! ¿Ahora, qué sucedió? No me dejes en suspenso."

"Bueno, la juez Mariner dijo que había considerado toda la evidencia, especialmente mi testimonio sobre la actitud y comportamiento de Helen hacia nosotros. Ella dijo que encontró que la queja de Helen no era válida. Eso fue todo."

Mis ojos se abrieron. "¿Todo este tiempo y eso fue todo?"

"Prácticamente. Helen también tiene que pagar por mis costos de la corte." Él sacude su cabeza. "Helen enloqueció y le gritó a la juez que era una corrupta. Sus abogados la sacaron antes de que pudiera insultar más a la juez. Fue muy satisfactorio."

"¡No puedo creerlo!"

"Bueno, créelo", dice él y toma mi mano libre. Le dio un apretón. "Tengo una sorpresa más para ti."

"¿Para mí?" pregunto yo.

"Sí, para ti", dice él. "Hablé con mi jefe y le dije que quiero mudarme a Nueva York. Estaba completamente de acuerdo.

Creo que deberíamos pensar en mudarnos pronto, considerando..." Él asiente a mi estómago que todavía estaba plano. "Probablemente no estarás en condición de hacerlo en seis meses."

Mi corazón comienza a latir con el doble de velocidad. La idea de mudarme a Nueva York y vivir mi sueño es... mis ojos se llenan de lágrimas al escucharlo decirlo.

"Solo... ¡no puedo creer que voy a mudarme!" Exclamo, mi voz llena de lágrimas. "No puedo creer que te conseguí a ti, a Sarah y también a mi sueño."

Charlie me dedica la sonrisa más encantadora. "Y sin embargo, lo conseguiste."

Lo abrazo lo mejor que puedo con un brazo, mis lágrimas caen en su camisa de vestir. Cuando me alejo, él me besa y sella sus labios sobre los míos. El beso es lento y dulce, lleno de la suficiente calidez.

Yo siento a Sarah jalando mi brazo y rompo el beso para mirarla.

"¿Bocadillo?" dice ella.

Yo me río, porque ella no se da cuenta de todo lo que sucede a su alrededor.

"Yo iré por un bocadillo", dice Charlie. "¿Qué quieres? ¿Budín? ¿Palitos de queso?"

"¡Budín!" dice Sarah con júbilo.

"Está bien. Quédense aquí las dos", dice él con un guiño.

"Espera", digo, agarrando la muñeca de Charlie mientras se levanta. Él me mira y arquea una ceja. "Solo... te amo demasiado."

Mi confesión lo hace inclinarse y besar mis labios. "Yo también te amo. Siempre."

Vuelvo a sentarme y lo dejo ir. Porque sé que regresará. Sé que Charlie siempre cumple con lo que dice. Yo me acurruco más cerca de Sarah, completamente feliz.

OTRAS OBRAS DE JESSA JAMES

Chicos malos y billonarios

La secretaria virgen

Estreméceme

Leñador

Papito

El pacto de las vírgenes

El maestro y la virgen

La niñera virgen

Su virgen traviesa

Club V

Esstrato

Desatada

Al descubierto

Libros Adicionales

Suplícame

Cómo amar a un vaquero

Cómo abrazar a un vaquero

Por siempre San Valentín

Anhelo

Malos Modales

Mala Reputación

Bésame otra vez

Ardiente como el infierno

ALSO BY JESSA JAMES (ENGLISH)

Bad Boy Billionaires

Lip Service

Rock Me

Lumber Jacked

Baby Daddy

Billionaire Box Set 1-4

The Virgin Pact

The Teacher and the Virgin

His Virgin Nanny

His Dirty Virgin

Club V

Unravel

Undone

Uncover

Cowboy Romance

How To Love A Cowboy

How To Hold A Cowboy

Beg Me

Valentine Ever After

Covet/Crave

Kiss Me Again

Handy

Bad Behavior

Bad Reputation

Dr. Hottie

Hot as Hell

HOJA INFORMATIVA

FORMA PARTE DE MI LISTA DE ENVÍO PARA SER DE LOS PRIMEROS EN SABER SOBRE NUEVAS ENTREGAS, LIBROS GRATUITOS, PRECIOS ESPECIALES, Y OTROS REGALOS DE NUESTROS AUTORES.

http://ksapublishers.com/s/c4

ACERCA DEL AUTOR

Jessa James creció en la Costa Este, pero siempre sufrió de un caso severo de pasión por viajar. Ella ha vivido en seis estados, ha tenido una variedad de trabajos y siempre regresa a su primer amor verdadero, escribir. Jessa trabaja a tiempo completo como escritora, come mucho chocolate negro, tiene una adicción al café helado y a los Cheetos y nunca tiene suficiente de los machos alfa sexys que saben exactamente lo que quieren y no tienen miedo de decirlo. Las lecturas de machos alfa dominantes y de amor instantáneo son sus favoritas para leer (y para escribir).

Inscríbete AQUÍ al boletín de noticias de Jessa
http://bit.ly/JessaJames

www.ingramcontent.com/pod-product-compliance
Lightning Source LLC
LaVergne TN
LVHW011828060526
838200LV00053B/3940